Gabriele Kögl

Das Mensch

Gabriele Kögl

Das Mensch

Roman

WALLSTEIN VERLAG GÖTTINGEN

Die Deutsche Bibliothek – CIP-Einheitsaufnahme
Kögl, Gabriele:
Das Mensch : Roman /
Gabriele Kögl.–
Göttingen : Wallstein-Verl., 1994
ISBN 3-89244-066-2

Vom Verlag gesetzt aus der Bodoni Monotype
Druck: Hubert & Co., Göttingen
Umschlag: Tuna Çiner
ISBN 3-89244-066-2

Karla ist grad zehn Jahre, sie will aber schon Extrawürste. Auf dem Kaffee darf keine Milchhaut sein, aus dem Striezel klaubt sie die Rosinen heraus und weil ihr der Most zu sauer ist, will sie lieber Zuckerwasser.

Die Eltern drohen ihr, sie ins Erziehungsheim zu stecken, weil sie nicht fertig werden mit ihr.

Seit Karla beim Schlachten hat zuschauen müssen, will sie auch kein Fleisch mehr essen.

Dabei wollten sie die Eltern nur abhärten, wie sie Karla an den Nußbaum gebunden haben. Karla wollte wegrennen, wie der Vater der Sau dreimal mit der Hacke auf den Kopf geschlagen hat, bis sie endlich umgefallen ist. Die Mutter hat der Sau mit einem großen Messer in den Hals gestochen. Zweimal ist sie abgerutscht und hat sich fast in die eigene Hand geschnitten, weil das Schwein so arg gestrampelt hat und sich ums Verrecken nicht hat wollen abstechen lassen.

Beide haben geschrien wie am Spieß. Die Karla, wie sie der Vater mit dem Kälberstrick am Baum festgebunden hat, damit sie einmal zuschaut, wie das Abstechen geht. Und die Sau, wie die Mutter sie am Strick gehalten hat. Das Blut ist aus dem Schweinehals geschossen wie ein Wasserfall vom Berg. Es hätt den ganzen Hof überschwemmt, wenn die Mutter nicht einen Topf unter den Hals der röchelnden Sau gehalten hätt, um den schaumigen Saft für die Blutwurst aufzufangen.

Das Schwein ist schon matt, wie es daliegt am Boden. Noch immer strodelt es, will die Mutter wegtreten mit ihrem Blechhäfen, aber die Haxen strampeln nur mehr in die Luft.

»Das nächste Mal hältst *du* den Häfen unter«, sagt die Mutter zur Karla, wie nur mehr ein dünnes Bächlein aus dem aufgeschlitzten Kragen der Sau rinnt.

Nachher, wie die Eltern das ausgeblutete Schwein in einen Trog mit siedend heißem Wasser geworfen haben, ist der Vater wieder lieb zur Karla gewesen und hat sie losgebunden. Geärgert hat er sich aber noch immer über ihre Schreierei: »Plärr nicht so herum wegen der blöden Sau. Nachher bist froh, wenn es einen Schweinsbraten gibt. Wo soll der herkommen, wenn niemand eine Sau absticht?«

Das hat Karla auch eingesehen, und sie hat brav helfen wollen beim Sauputzen. Der Vater hat eine Kette unter die Sau im heißen Wasser gelegt, und zusammen mit der Mutter hat er die Kette hin- und hergezogen, damit die Borsten von der Schweinshaut heruntergehen.

Karla ist es vorgekommen, wie wenn sich das Schwein noch rührt. Sie hat ganz groß geschaut, wie sie gesehen hat, daß die arme Sau in dem siedenden Wasser noch zittert.

Da hat sie wieder zum Schreien angefangen, weil sie hat denken müssen, wie weh dem Schwein das heiße Wasser und das Wundreiben mit der Kette tut.

Langsam ist der Vater wirklich grantig worden, weil er so eine zimperliche Tochter hat.

»Das sind nur mehr die Nerven. Du hast selber gesehen,

wie die Mutter der Sau die Schlagader durchgeschnitten hat.«

Aber Karla hat nicht mehr auf den Vater gehört. Wo sie den Kälberstrick nicht mehr um den Bauch gehabt hat, ist sie auf und davon.

Doch weil Karlas Geplärre im ganzen Dorf zu hören gewesen ist, sind die anderen Kinder gekommen und haben Karla ausgelacht, weil sie keine Nerven hat und einfach davonrennt, nur weil die Sau ein bißchen zuckt.

»Diese Karla«, hat der Nachbar-Franzi den Kopf geschüttelt. »Bei uns ist einmal eine Henne aus dem kochendheißen Wasser ausgekommen, weil der Vater einen Schwips gehabt und schlecht gestochen hat. Dabei hat die blöde Henne die Mutter ganz vollgespritzt mit dem heißen Wasser. Jetzt macht es die Mutter selber. Sie schlägt den Hühnern gleich mit der Hacke den Kopf ab. Ich darf ihr immer helfen und das Hendl bei den Füßen halten.«

Den Nachbar-Manfred würgt es, wie sein Bruder die Hendlgeschichte erzählt. »Ich mag nicht halten«, erzählt er, »weil mich reckt es gleich, wenn der Kopf durch die Luft fliegt und das Hendl die längste Zeit auf dem Hackstock zuckt und mit den Flügeln schlägt!«

Mit einem Schabmesser hat die Mutter die Sau von den letzten Borsten gesäubert und mit Freude auf das blankgeputzte Vieh geschaut: »So schön glatt. Jetzt hat sie eine feine Haut wie ein Putzerl.«

Später, zum Schweinsbraten, hat der Vater die Karla wieder eingefangen, weil sie der Mutter helfen soll beim Darmputzen und Fettauslösen.

Der Vater zieht den Geruch von gebratenem Fleisch und Kümmel tief ein. Die Mutter stellt auch Karla einen großen Teller mit Fleisch hin. Aber sie hört noch immer das Schreien und Röcheln. Keinen Bissen rührt sie an.

Der Vater steckt ein Stück nach dem anderen in den Mund. Das ganze Gesicht treibt er an zum Kauen, und an den Mundwinkeln rinnt das Fett herunter wie die Spucke bei Rolf seinen Lefzen, wie er noch gelebt hat.

Im Guten redet die Mutter auf Karla ein und sagt ihr, sie soll froh sein, daß es überhaupt Fleisch gibt, da, wo sie lebt. In anderen Ländern müssen die Kinder mit einer einzigen Schale voll Reis am Tag auskommen. Weil, dort gibt es keine Schweine.

»Ich hätt auch gern eine Schale Reis«, bittet Karla leise.

Da wird es dem Vater zu dumm. Er packt Karla beim Zopf und zerrt sie in den finsteren Schweinestall.

»Da, friß mit den Säuen, wenn dir unser Essen nicht gut genug ist.«

Der Vater sperrt den Schweinestall hinter Karla zu, und sie weint aus Furcht vor der Dunkelheit.

Der Vater vom Manfred hat den Kopf von seinem Buben beim Stubenfenster hinausgehalten und ihn an den Ohren gezogen, hat der Manfred nachher der Karla erzählt.

»Da, hör zu, wie die Karla weint. Wenn du nicht ordentlich ißt, kommst auch in den Schweinestall«, hat der Vater vom Manfred gesagt.

Der Manfred hat gut zugehört und das Fett tapfer hinuntergewürgt. Aber nachher ist er in den Saustall speiben gegangen. Und der Manfred hat in den Sautrog gespieben wo die Schweine gleich gekommen sind und alles aufgefressen haben. Heimlich hat sich der Manfred gefreut, daß der Vater einmal das Fleisch einer Sau essen wird, die seine Speibe gefressen hat.

Karla hat sich langsam an die Dunkelheit gewöhnt und geht die Schweine füttern. Wie sie es bei der Mutter gesehen hat, schüttet sie abwechselnd Mehl und Wasser in den Trog. Mit einem Stecken rührt sie um, bis ein Brei draus wird.

Die Säue wollen sich gleich auf das Essen stürzen, aber Karla schimpft mit ihnen: »Ihr sündigen Säue. Zuerst wird gebetet.«

Sie deckt die Tröge mit Brettern und Eimern zu, faltet die Hände vor der Brust und spricht so langgezogen wie der Pfarrer: »Komm Herr Jesus, sei unser Gast. Segne, was du uns bescheret hast!«

Sie deckt die Tröge wieder ab, hockt sich zu jedem einzelnen Schwein und ißt ein bißchen Brei mit.

Später, wie der Vater die Karla holen kommt, ist der Nachbar-Franzi bei ihm. Weil Karla ganz voll ist mit Mehl und der Mund mit Brei verschmiert, schüttelt der Franzi den Kopf: »Die Karla ist eine richtige Sau!«

Und der Vater hat einen Neid, weil er auch gerne einen Buben hätt, der sich was traut.

*

Seit der Herr Galopp aus Graz tödlich verunglückt ist, weil er beim Eierholen zuviel Most getrunken hat und wegen überhöhter Geschwindigkeit von der Fahrbahn abgekommen ist, haben Karlas Eltern einen neuen Eierabnehmer.

Schon beim ersten Handgeben kann Karla den Herrn aus Bärnbach nicht leiden. Er greift mit seiner kalten, dürren Hand nach ihren zaghaft hingestreckten Fingerspitzen und läßt sie nicht aus, bis es Karla selber ganz kalt wird. Sie sieht in das ausgemergelte Gesicht mit der Knollennase und auf den Mund, der ausschaut, als würd er dauernd Busseln geben.

Wie ein Clown sieht er aus, denkt Karla, aber sie kann nicht lachen. Sie verkriecht sich im hintersten Winkel der Stube. Dort hockt sie sich auf ihre Fersen und löst das Kreuzworträtsel in der »Neuen Illustrierten Wochenschau« auf. Am liebsten hat sie das »Dingi«, die Beilage der »Wochenschau« für jugendliche Leser. Da werden Sänger vorgestellt und manchmal auch Schlagertexte abgedruckt. Karla singt immer mit, wenn ein Lied aus dem »Dingi« im Radio kommt.

Mit dem Rätsel muß sie sich beeilen, bevor die Mutter Zeit hat. Sonst löst sie alles weg, was Karla weiß.

»Stell das Radio leiser«, sagt die Mutter, als wär das Radio wegen Karla so laut. Dabei hört Karla gar nicht auf die Musik. Sie wartet nur auf ein bestimmtes Lied, ihr Lieblingslied, das sie nicht oft genug hören kann. Weil sie es auch selber singen möcht, schreibt sie am Text mit. Jedesmal, wenn sie hofft, daß es gespielt wird, schlägt sie ihr Liedheft auf und schreibt soviel mit, wie sie sich merken kann. Sie hat auch schon an die »Neue Illustrierte Wochenschau« geschrieben, daß sie den Schlagertext abdrucken sollen, aber bis jetzt war er noch nicht im »Dingi«. Irgendwann wird sie das ganze Lied mitgeschrieben haben und es selber singen können. Mit allen Strophen. Es ist von Karel Gott und heißt: »Einmal um die ganze Welt und die Taschen voller Geld, daß man keine Liebe und kein Glück versäumt.«

Den Refrain hat sich Karla schon gemerkt. Sie singt ihn auswendig und mit tschechischem Akzent, so wie ihr Vorbild.

Manchmal stellt sie sich auf den Stiegenaufgang vom Saustallboden, breitet die Arme aus, wiegt die Hüften und singt los. Drinnen schrecken die Schweine auf und starren Karla an. Sie lächelt und stellt sich vor, daß die Schweine ihre Fans sind, Lichter in der Hand haben und jubeln.

Bis die Mutter kommt, mit erhobenem Besen, und Karla droht, weil sie die Schweine untertags aufscheucht. Aber ihre Zuschauer haben längst geklatscht und Autogramme geholt.

»Karla, hol Most für unseren Gast!«

Karla fürchtet sich vor dem feuchten, finsteren Keller, der voll ist mit Ratten. Manchmal wehrt sie sich, sagt der Mutter, daß sie sich fürchtet. Aber heute geht sie lieber gleich. Wenn sie sagt, daß sie sich allein nicht in den Keller traut, will sie der Eierholer vielleicht begleiten, und vor dem dürren Clown im Keller fürchtet sie sich mehr als vor den Ratten.

»Siebenundzwanzig, achtundzwanzig, neunundzwanzig, dreißig.« Karla zählt, damit sie nicht denken muß. Die Zeit vergeht langsam, während der Most in den Krug plätschert. Sie ist längst bei hundert, bis der Krug endlich voll ist. Sie schaut auf ihre Füße und kommt sich vor wie der Struwwelpeter. Nur hat sie statt der elendslangen Zehennägel Ratten an den Füßen. Von unten her fressen die Bestien Karla auf. Es beutelt sie vor Grauen. Mit dem vollen Mostkrug rennt sie so schnell aus dem Keller, daß die scharfen Spritzer ihre Schürze vollpatzen.

»Fünfhundertneunundzwanzig.« Sie atmet erleichtert auf und dreht den großen Kellerschlüssel zweimal um.

Karla bringt dem Gast ein Mostglas von der Kredenz und schenkt ein. Der Krug ist schwer. Etwas Most rinnt auf das geblümte Plastiktischtuch und verbreitet einen säuerlichen Geruch. Die Mutter sieht nicht her, weil sie gerade die Eier in Papplagen schichtet. Karla wischt die Lache mit dem Ärmel weg. Der Eierholer lächelt sie an. Karla lächelt nicht zurück. Sie verdrückt sich wieder im Tischwinkel. Verstohlen sieht sie zu, wie der Clown seine großen Lippen noch mehr kräuselt, und es sieht aus, als würde er den sauren Saft küssen und nicht trinken. Aber im Glas wird es weniger, und bei jedem Schluck hüpft der Adamsapfel vor Freude in den Halsfalten. Karla stellt sich vor, wie es wäre, wenn die Mutter in seine Gurgel stechen würd, wie in den Sauhals vorige Woche. Ob da auch soviel Blut herausrinnen würd oder nur Most, der aus dem offenen Hals plätschert wie aus der Pipe im Keller.

Der Clown steht auf und zahlt der Mutter die Eier. Zum Aufwiedersehensagen muß Karla noch einmal aus ihrem Winkel kriechen und die Fingerspitzen hinhalten. Aber die eine Hand von Karla ist dem Mann nicht genug. Er greift auch nach der anderen, drückt die zwanzig Schilling, die er von der Mutter zurückbekommen hat, hinein und preßt Karlas Finger zu einer Faust zusammen. Sie schaut abgestoßen auf seine Raubvogelsporen, mit denen er ihre beiden Hände abgegriffen hat.

»Sag danke«, hört Karla hinter sich die Mutter.

Sie bringt kein Wort über die Lippen.

»Rotzmensch«, faucht die Mutter.

»Ist schon gut«, der Eierclown aus Bärnbach lächelt Karla an, zeigt ihr, daß er den Dank nicht braucht.

»Sie bleibt ein Rotzmensch«, zischt die Mutter, so daß Karla die Feuchtigkeit von der Mutter ihrer Aussprache im Nacken spürt.

Die Mutter begleitet den Eierclown hinaus.

Karla legt den Zwanzig-Schilling-Schein auf den Tisch und wischt die Hände fest an der Schürze ab.

Wie die Mutter zurückkommt, greift sie nach dem Besen. Aber Karla ist geschickt. Flink kriecht sie unter die Eckbank und kauert sich zu einem unscheinbaren Häufchen zusammen. Die Mutter kniet nieder und stößt mit dem Besen nach ihr.

»So freundlich war der Herr. Gibt dir Geld, und du kannst nicht einmal danke sagen. Gib's sofort her, du hast's nicht verdient!«

»Es liegt auf dem Tisch«, ruft Karla aus dem verstaubten Winkel. Wie die Mutter zum Stoßen aufhört, weil sie nach dem Geld schaut, fängt Karla laut zu singen an: »Einmal um die ganze Welt und die Taschen voller Geld, daß man keine Liebe und kein Glück versäumt.«

Eine Woche drauf wird die Mutter in die Schule gerufen. Karla weiß nicht warum. Sie weiß nur, daß es eine Schande ist, wenn die Eltern außerhalb des Sprechtags kommen müssen. Sosehr Karla auch nachdenkt, sie kann sich nicht erinnern, was sie angestellt hat.

Während der Deutschstunde, Karla schreibt gerade einen Aufsatz, kommt der Schuldiener und führt sie zum Direktor. Sie hat noch nie zum Direktor müssen. Trotzdem fürchtet sie sich vor ihm, weil er immer mit den Kindern schreit, wenn er auf den Gang oder in die Klasse kommt. Karla schreckt richtig zusammen, wie der Schuldiener die Tür zum Direktorzimmer aufmacht und sie hineinschubst.

Die Mutter steht neben dem Direktor und hält ihr mit zusammengekniffenen Lippen die Zeichnung aus der letzten Malstunde hin.

Karla sagt kein Wort.

»Was soll die Schweinerei«, fährt es aus der Mutter. Dann kneift sie die Lippen wieder zusammen, daß ihr Mund aussieht wie das Arschloch von der Alma, der Lieblingskuh von der Karla. Sie muß heimlich lachen und schaut sich um, ob es im Direktorzimmer einen Besen gibt. Wenn sie der Mutter sagen würd, daß sie gerade daran denkt, daß ihr verkniffener Mund wie das Arschloch von der Alma aussieht, würd sie gleich mit dem Besen nach der Karla stoßen

»Schau mich an, wenn ich mit dir red und sag, was diese Schweinerei soll«, zischt die Mutter wie übergegangene Milch auf der Herdplatte.

Karla zuckt mit den Schultern. Sie hat den Eierclown gezeichnet. Beim Sauabstechen. Aus seinem Hals rinnt Blut, weil die Mutter grad hineinsticht, und der Vater haut ihm mit der Hacke auf den Kopf.

Daneben hat sich Karla selber gezeichnet, wie sie am Baum festgebunden ist, weil sie der Vater angebunden hat, damit sie nicht immer wegrennt beim Abstechen. Eigentlich wollte Karla zeichnen, wie zu Hause Sauabgestochen wird. Das Thema war: »Meine Eltern, die Arbeit und ich.« Aber sie hat die Sau nicht zeichnen können, die hat ihr so leid getan, und ihr Röcheln hört sie heute noch. Aber der Eierclown tut ihr nicht leid. Den können sie ruhig abstechen.

»Frau Krainer, wie kommt Ihre Tochter auf so was?« Der Direktor ist seltsam ruhig, läßt lieber die Mutter schreien. Dieser mächtige Mann mit dem dicken Bauch und einer Nase, wie der Henkel von einem Mostkrug, ist Karla unangenehmer, wenn er leise ist, wie wenn er poltert. Die Mutter hebt und senkt in einem fort die Schultern wie ein Hendl, das Anstalten macht, über den Zaun zu flattern.

»Keine Ahnung, wo sie das her hat. Sie war immer schon ein schwieriges Kind.«

Karla möchte in die Deutschstunde zurück. Zu ihrem Aufsatz. Es hat noch nie jemand geschimpft über das, was sie geschrieben hat.

Daheim wartet die Mutter schon mit dem Besen. Aber Karla hat Glück. Wie sie sich grad im Winkel von der Eckbank verdrückt und die Mutter nach ihr stoßen will, kommt die Schober Anni und schaut ganz verschreckt.

»Geh nie mehr zum Schelm Toni telefonieren«, warnt die Anni die Mutter.

Rückwärts wie ein Bachkrebs kriecht die Mutter unter dem Tisch hervor und fragt ächzend, während sie sich aufrichtet: »Wieso? Was ist denn los?«

Die Anni deutet auf Karla im Winkel und meint, sie will nicht reden neben dem Kind.

»Karla, verschwind sofort hinaus, sonst stamper ich dich«, befiehlt die Mutter scharf.

»Nein, dann schlagst mich.«

»Deine Schläg kriegst später, vom Vater.«

Langsam rutscht Karla unter dem Tisch hervor und geht artig hinaus. Draußen stellt sie sich unter das offene Fenster und hört zu, was die Anni der Mutter zu erzählen hat.

Die Anni schnauft wie eine Kuh beim Kalben, so aufgeregt ist sie: »Stell Dir vor, der Toni hat gesagt, es hätt meine Mutter angerufen, weil die ist jetzt auf Erholung wegen ihrem Kreuz. Und ich soll zu ihm kommen, in einer halben Stund ruft sie noch einmal an. Und wie ich hingegangen bin, ist die Kathi nicht dagewesen, und die Kinder waren auch nicht da. Ganz allein war der Toni daheim und hat sich draufgelegt auf mich und mich herpackt, daß es ärger nimmer geht.«

»Um Gottes Willen«, hört Karla die Mutter.

Um Gottes Willen, denkt sich auch Karla und versteht nicht, warum der dicke Toni mit seinen hundertzwanzig Kilo gerade über die dünne Anni herfällt. Er hat doch selber eine viel robustere Frau. Lustig kann es für die Schelm Kathi zwar auch nicht sein, als Matratze für den Toni herhalten zu müssen, aber die Kathi überlebt sowas noch eher als die Anni, weil die Anni so zart und schmächtig ist. Wenn sich der Toni auf sie drauflegt, ist das wie eine Hundertzwanzigkilobettdecke.

Der Karla ist ihr Dreikilotuchent fast zu schwer.

Links und rechts rinnt dann die Fetten vom Toni herunter und wickelt die ganze Anni ein. Wenn der Toni auch noch schwitzt und die fetten Tropferln herunterperlen von seinen roten Hängebackerln, das kann wirklich nicht lustig für die Anni sein.

Karla hat es auch nicht lustig gefunden, im Sommer vor zwei Jahren, wie sie den dicken Finger vom Toni zu spüren bekommen hat.

Sie war mit dem Nachbar-Manfred beim Bach und hat mit ihm einen Damm gebaut. Nachher haben sie in dem aufgestauten Wasser gebadet. Dabei haben sie nachgeschaut, was der Unterschied ist zwischen dem Manfred und der Karla. So genau haben es beide nicht gewußt, weil der Manfred hat keine Schwester, wo er nachschauen könnt, und die Karla hat überhaupt keine Geschwister.

Auf einmal ist der Toni vor ihnen gestanden und hat geschimpft, was für Saubarteln sie sind und daß er allen erzählen wird, welche Schweinereien sie machen.

Der Manfred hat sofort seine Hosen angezogen und ist weggesaust mit seinem Rad. Wie die Karla auch wegrennen wollt, hat sie der Toni festgehalten und die Hosen nicht anziehen lassen. Zur Strafe mußte sie ihn nachschauen lassen, ob auch nichts passiert ist zwischen dem Manfred und ihr. Karla hat nicht verstanden, was passiert sein soll, aber der Toni hat ganz genau nachgeschaut. Er hat sich viel Zeit gelassen und mit den Fingern nachgeholfen, damit er alles noch besser hat sehen können. Dabei ist er ganz rot geworden im Gesicht und hat zu schnaufen und zu schlucken angefangen, wie wenn er sich fürchten tät vor der Mutter ihrem Besen. Dann hat er noch gesagt, daß er mit dem Finger hineinfahren müßt bei der Karla und schauen, ob alles in Ordnung wär bei ihr und daß er den Eltern nichts sagen würd, wenn er nichts zu beanstanden hätt.

Karla hätt zwar gerne gefragt, seit wann Finger Augen haben, aber sie wollte den Toni nicht zornig machen. Heimlich hat sie gebetet, daß er alles in Ordnung findet bei ihr, und sie hat die Zähne zusammengebissen, wie der Toni immer wieder mit seinem Wurstfinger bei ihr ein und ausgefahren ist, in einer gleichmäßigen Bewegung wie eine Maschine. Dabei hat er die Augen zugemacht, als müßt er sich ganz auf sein Gespür verlassen, als wollt er sonst nichts hören und nichts sehen. Der Karla hat es weh getan, und sie hat geglaubt, bald wird dem Toni sein Finger sie auseinandersprengen, aber dann hat er auf einmal gesagt, wie er noch fest geschnauft hat, sie soll endlich gehen, es wär alles in Ordnung mit ihr, er wird ihren Eltern nichts sagen.

Karla ist schnell weggelaufen, auf ihr Rad gesprungen und davongestrampelt so schnell sie nur können hat, damit sie der Toni nicht einholt und vielleicht noch einmal nachschauen will.

Wie sie heimgekommen ist, war grad der Tierarzt da, zum Kuhbesamen. Karla ist in den Stall gegangen und hat zugeschaut, wie der Tierarzt mit der ganzen Hand bei der Kuh hineingefahren ist und alles herausgeputzt hat. Da hat sie gespürt, wie es in ihr noch juckt und brennt, und sie hat gedacht: da hab ich ja noch Glück gehabt mit dem Toni seinem Finger.

Die Anni fängt auf einmal laut zu weinen an. Karla denkt, so schwer kann der Toni auch wieder nicht gewesen sein. Immerhin ist noch alles dran an der Anni, sonst hätt sie nicht herkommen und mit der Mutter besprechen können, daß sich alle im Dorf selber ein Telefon anschaffen sollen, weil man zum Schelm nicht mehr anrufen gehen kann.

Kaum ist die Anni gegangen, läuft die Mutter zur Nachbarin, der Mutter vom Franzi und vom Manfred, und erzählt ihr, was sie grad von der Anni gehört hat.

Karla schleicht sich an das Küchenfenster vom Nachbarn an, hockt sich drunter und hört wieder mit.

Die Nachbarin schlägt nicht einmal die Hände zusammen, und sie ruft auch nicht »Um Gottes Willen«, sie ist überhaupt nicht überrascht. Daß sie auch schon einmal unterm Toni gelegen ist, wie sie telefonieren war, erzählt sie der Mutter. Aber ihrem Mann hat sie nichts davon gesagt, weil er würd glauben, daß sie es selber wollen hat. Dabei hat die Nachbarin den Toni gar nicht notwendig, weil der andere Nachbar, der Schmölzer Sepp, ein Aug auf sie geworfen hat. Der Sepp ist ihr noch allemal lieber als der Toni.

Der Schmölzer Sepp ist das richtige Gegenteil vom Toni. Nur Haut und Knochen. Er ist so zaundürr, daß es scheppert, wenn er bei der Tür hereinkommt. Aber das macht der

Nachbarin nichts aus. »Weil, ein guter Hahn wird nicht fett«, sagt sie und lacht ordentlich auf.

Die Mutter ist ganz verdattert, wie es im Dorf zugeht.

»Bei mir hat's noch keiner probiert«, sagt sie etwas enttäuscht. »Was ist los mit mir, daß mich keiner will? Ist irgendwas Abstoßendes an mir? Ich bitt dich, Hermi, sag mir's, wenn was nicht stimmt mit mir!«

»Es paßt alles«, sagt die Mutter vom Manfred, »vielleicht ist dein Mann öfter daheim als meiner, und Gelegenheit macht Diebe!«

Wieder lacht die Nachbarin hell auf, und die Mutter von Karla weiß nicht recht, was sie sagen soll. Jedenfalls ist sie so aufgeregt, daß sie ganz vergißt, dem Vater von Karla ihrer Zeichnung zu berichten, sodaß die ganze Tonigeschichte zumindest für Karla auch was Gutes hat.

Später, beim Einkaufen, trifft die Mutter die Kathi, die Frau vom Toni. Jetzt geniert sich die Mutter nimmer, daß Karla dabei ist. Sie erzählt der Kathi gerade heraus, was sie von der Schober Anni und der Hermi, der Mutter vom Manfred und vom Franzi, weiß.

»Die Hermi soll nur schön still sein«, meint die Kathi, »weil der Hermi ihr Mann kommt sehr oft telefonieren und meistens dann, wenn der Toni nicht da ist!«

Sie hat schon ein paarmal davonlaufen müssen, weil er über sie hat herfallen wollen. Bis jetzt hat sie dem Toni nichts davon gesagt, aber wenn die Hermi anfängt, blöd über den Toni zu reden, wird sie auch anfangen, das mit der Hermi ihrem Mann herumzuerzählen.

Die Kathi wartet gar nicht ab, was die Mutter drauf sagt. Sie taucht an, holt Schwung und schleudert ihr Trumm Hintern auf den breiten Sattel von ihrem Waffenrad, daß sie richtig davonfedert.

Die Mutter schaut Karla an, als würd sie erst jetzt sehen, daß die Karla noch ein Kind ist. Mahnend hebt sie den Zeigefinger: »Daß du mir nichts davon dem Vater sagst!«

Karla schüttelt den Kopf, daß es den Zopf nur so hin- und herschmeißt. Sie ist stolz darauf, mit der Mutter ein Geheimnis vorm Vater zu haben.

*

Karla hat einen neuen Lehrer in Physik und Chemie bekommen. Er gefällt ihr, weil er so gut riecht. Sobald er in der Schule ist, duftet das ganze Haus nach seinem Rasierwasser und deckt den Geruch von Schweißfüßen und verschüttetem Kakao zu. Der Lehrer hat eine helle, feine Haut und goldfarbene Augengläser.

Karla wird ganz aufgeregt, wenn sie ihn sieht. Sie muß sich eingestehen, daß er ihr besser gefällt als Karel Gott.

Früher hat sie Physik nicht mögen. Sie hat einen Lehrer gehabt, der die ganze Stunde lang die Tafel mit Formeln vollgeschmiert hat. Ihm ist nicht einmal aufgefallen, ob die Schüler da sind oder nicht. Karla hat sich immer gleich zu Beginn der Stunde in den Kasten gesetzt und »Vom Winde verweht« gelesen. Sie hat sich in die Schulbibliothek geschlichen und das Buch heimlich herausgenommen, weil sie es erst ab dreizehn hätte lesen dürfen.

Jetzt arbeitet Karla in Physik brav mit. Wenn sie etwas weiß, reißt sie sofort den Arm in die Höh und fuchtelt mit der Hand, damit der Lehrer sie drannimmt.

Ein bißchen kränkt es sie, daß er sie mit dem Nachnamen anredet und nicht wie die anderen Lehrer Karla zu ihr sagt.

Ob er merkt, wie verliebt sie in ihn ist? Einmal hat sie ihm das Stammbuch geben wollen, damit er ihr was hineinschreibt. Weil Karla hat gehofft, wenn er auch spürt, daß sie zusammengehören, wird er ihr das irgendwie schreiben. Er hat ihr Stammbuch aber nicht mitgenommen und nur gesagt, daß er einmal alle Stammbücher absammeln und auf einmal hineinschreiben wird.

Karla wird es heiß und kalt, wenn sie denkt, wie es wäre, wenn er endlich »Karla« zu ihr sagen würd. Sie stellt sich vor, daß er sie auf den Schoß nimmt und zärtlich streichelt. Und dann wird er ihr einen Kuß geben, auf den Mund. Es wird ihr erster Kuß sein, weil sie sich aufbewahrt für den Mann den sie wirklich liebt. Ihr Magen schüttet ein warmes Gefühl aus, das im ganzen Bauch hin- und herrinnt.

Sie atmet tief durch, macht die Augen zu und möchte dem Lehrer so nahe sein, daß sie seine rasierwasserfrische Wange riechen darf.

Noch tut er so, als wäre sie eine Fremde für ihn. Eine ganz normale Schülerin wie die anderen auch. Karla glaubt, er wehrt sich dagegen, will es nicht wahrhaben, weil sie sein Leben umkrempeln würd.

Sie denkt sich einen Plan aus, wie sie ihn dazu bringen könnt, die Augen aufzumachen.

Wie schön muß es sein, mit ihm Hand in Hand durch das

Schulhaus zu gehen, vorbei an den anderen Lehrern und Schülern. Die Lehrer werden sagen: »Wir haben immer schon gewußt, daß Karla ein ganz besonderes Kind ist!«

Die Kinder werden einen Neid haben, weil sie so gewöhnlich sind, daß kein Lehrer sie an die Hand nimmt.

Karla fährt jeden Tag zusammen mit den Dorfkindern in die Schule. Sie hat eine Fahrradprüfung gemacht, die es ihr erlaubt, auch vor dem zwölften Lebensjahr auf der Hauptstraße zu fahren.

Der Physiklehrer biegt mit seinem silberfarbigen VW fast immer zur gleichen Zeit von der Hauptstraße ab zum Schulweg, der zur Hauptschule führt.

Karla seufzt tief. Sie weiß genau, was sie aufs Spiel setzt. Aber die Liebe ist so groß, daß sie ihr Leben riskiert.

Es paßt genau, daß der Lehrer mit dem Auto zur gleichen Zeit über die Straße will wie die Schüler mit ihren Rädern. Die Kinder bleiben stehen und lassen den Lehrer zuerst fahren. Doch Karla nimmt allen Mut zusammen und fährt los. Direkt vor die Schnauze des silberglänzenden VW's. Die Kinder hört sie noch rufen: »Karla, bist närrisch«, aber Karla lächelt und denkt: Was wißt ihr denn, Dorfkinder!

Kaum daß sie ausgedacht hat, erwischt das Auto Karla und stößt sie zu Boden. Sie liegt einmal still und merkt, daß ihr nichts weh tut. Sie hat sich vorgestellt, daß sie bewußtlos sein wird, und jetzt weiß sie nicht, was sie tun soll. So tun, als ob sie bewußtlos wär, oder lieber jammern, daß ihr alles weh tut? Sie wird wenigstens eine innere Verletzung haben, wenn sie äußerlich nicht blutet. Eine harte Hand packt sie am Arm und reißt sie in die Höhe. Der Physiklehrer ist weiß wie eine volle Kalkgrube und schnauft, wie er sie anstarrt. Karla schaut ihn auch an und hofft: Jetzt. Jetzt muß er draufkommen. So, wie er mich anschaut.

»Ist dir was passiert«, fragt der Lehrer fast ohne Stimme.

Karla sagt kein Wort, schaut ihn immerfort an und wartet, daß er sie endlich in die Arme nehmen wird.

»Ob dir was passiert ist, möchte ich wissen«, fragt er heftiger. Er packt Karla an den Schultern und schüttelt sie ordentlich durch. Sie sagt noch immer nichts.

»Du blödes Mensch«, schreit er auf einmal so abstoßend, wie Karla es sich nicht hat vorstellen können, »bringst den Mund nicht auf!«

Karla fängt zu zittern an. Tränen schießen ihr in die Augen, und sie schluckt und will die nassen Augen lieber hinunterschlucken, als ihm zeigen, wie weh er ihr getan hat.

Am liebsten möcht sie ihm ins Gesicht schreien, daß er nichts, aber auch gar nichts begreift.

Karla reißt sich los, nimmt das Rad und fährt davon. Der Kotschützer rampft am Reifen. Das kann der Vater gleichbiegen.

Karla spürt gar nichts mehr. Sie tritt fest in die Pedale und will weg von hier. Heimlich hofft sie, daß sie innerlich verbluten oder an gebrochenem Herzen sterben wird und daß der Lehrer wohl erst an ihrem Grab stehen muß, damit er merkt, wen er verloren hat.

Dann wird er jeden Tag auf den Friedhof gehen, eine Rose auf ihr Grab legen und sie wenigstens im Nachhinein um Verzeihung bitten für das Unrecht, das er ihr angetan hat.

Sein Leben lang wird er nicht mehr lachen können.

Karla biegt zum Friedhof ab, will allein sein, nachdenken über den verunglückten Unfall.

Sie geht zum Grab der Großeltern, das gepflegt daliegt mit den vielen Stiefmütterchen und Fleißigen Liesln.

Unter dem Namen der Großmutter wird bald auch ihr eigener stehen, in Goldbuchstaben und Schreibschrift. Vielleicht wird auch ein Foto von ihr in den Grabstein geätzt, damit jeder sehen kann, wie jung sie hat sterben müssen, weil man sie nicht ins Spital gebracht hat, wo sie sofort hätte operiert werden müssen.

Karla spürt richtig, wie ihr schlecht wird vom innerlichen Verbluten. Bald wird sie in dem finsteren Loch liegen, zusammen mit den Großeltern, und von unten zusehen, was auf der Welt oben geschieht. Ein bißchen unangenehm wird es schon sein, neben den Großeltern einen ganzen Tod lang zu liegen. Weil die Toten wissen alles, auch die geheimsten Gedanken von Karla.

Wie lang der Tod wohl dauern wird, fragt sich Karla, bis endlich die Auferstehung kommt, am jüngsten Tag. Dabei weiß sie gar nicht, warum der jüngste Tag so heißt, wo er doch der älteste ist, wenn alle Tage aus sind und es keine Zeit mehr gibt.

Wie lange sie den Tod wohl aushalten könnte?

Wie zehnmal Mostholen gehen zu den Ratten in den Keller? Karla beutelt es. Oder fünfmal hintereinander beim Sauabstechen zuschauen müssen? Oder vielleicht dreimal vom Schelm Toni bei sich nachschauen lassen mit dem Finger? Nein, das ist zu lang.

Die Oma im Grab wird wissen, daß Karla so verliebt ist in den Physiklehrer, daß sie sich absichtlich von ihm hat zusammenführen lassen. Sie wird mit ihr schimpfen und auf sie bös sein, einen ganzen Tod lang.

Karla tun die Eltern leid, weil sie sich kränken werden, wenn Karla nimmer ist. Aber was soll sie tun gegen die Liebe?

Sie gießt die Stiefmütterchen und die Fleißigen Lieseln und geht dann zum Grab vom Ernsti.

Den Ernsti hat sie nie gekannt. Er ist gestorben, wie Karla noch ganz klein war. Aber die Eltern haben Karla immer vom Ernsti erzählt, der mit sieben Jahren gestorben ist an Leukämie. Er hat immer aus der Nase geblutet.

Karla stellt sich die vielen Packungen Watte vor, die man dem Ernsti in die Nase gestopft hat. Der Ernsti ist immer dicker geworden, obwohl er gar nichts mehr hat essen können, weil sein ganzer Körper ausgestopft war mit blutdurchtränkter Watte.

Karla schaut immer beim Ernsti vorbei, wenn sie mit der Mutter auf den Friedhof geht, nach der Kirche. Die Mutter bleibt immer andächtig vorm Ernsti-Grab stehen und sagt zur Karla, sie soll für den Ernsti ein »Vater unser« beten. Damit sie nicht vergißt, daß Kinder auch sterben, nicht nur alte Leute.

Auf dem Grab vom Ernsti steht eine weiße Kerze. Die Flamme wackelt hin und her wie der Vater vom Franzi und vom Manfred, wenn er vom Wirtshaus kommt. Die Kerze ist bestimmt von der Mutter vom Ernsti. Sie kommt jeden Tag. Sie hat jetzt wieder einen kleinen Buben, aber den

Ernsti wird sie nie vergessen, hat die Mutter gesagt.

Die weißen Nelken in der Vase machen einen richtigen Buckel, als möchten sie dem Ernsti in die Erde hinein nachschauen.

»Unser geliebter Ernsti«, steht in goldener Schreibschrift auf dem Grabstein. Daneben ist ein Kinderfoto. Auf dem Bild lacht der Ernsti so spitzbübisch, daß sich Karla nicht vorstellen kann, wie er es aushält, dauernd ruhig zu liegen unter der Erde. Vielleicht stimmt das gar nicht mit der Leukämie. Vielleicht hat der Ernsti auch zuschauen müssen beim Sauabstechen, und es ist ihm zuviel geworden mit dem vielen Schweineblut. Da hat er selber zu bluten angefangen, bis die anderen geglaubt haben, er ist ausgeblutet. In Wirklichkeit ist er auf und davon gegangen und war verkleidet auf seinem Begräbnis. Dort hat er geschaut, wer wirklich traurig ist und wer nur so tut.

Karla kann sich die Oma viel leichter tot vorstellen. Die hat nie sehr lebendig ausgeschaut. Mit ihrem offenen Bein ist sie immer mehr gehatscht als gegangen. Den Stock hat sie immer so fest aufgesetzt, daß Karla oft gefürchtet hat, sie sticht alles nieder, was ihr vor die Füß kommt.

Ganz anders ist es Karla immer geworden, wenn die Oma gelacht hat. Weil ihr zwei Vorderzähne gefehlt haben und die weißen Haare weggestanden sind, wie bei einem Kaminbesen. Wenn sie den Stock zwischen die Beine geschoben hätt und davongeritten wär, Karla hätt sich nicht gewundert.

Aber die Oma ist an einem natürlichen Tod gestorben. Karla war selber dabei, wie sie den Schlaganfall gehabt hat.

Bei der Haustür ist sie hingefallen, der Länge nach und nimmer aufgekommen. Laut gestöhnt hat sie. Der Vater und die Mutter haben auch gestöhnt, wie sie die dicke Großmutter aufgehoben und ins Zimmer getragen haben.

Dort hat die Oma in einem fort gejammert und beim Luftholen laut gezogen. Karla haben sie nicht hineingelassen. Aber sie ist bei der Zimmertür gestanden und hat alles mitgehört.

Später ist der Arzt gekommen, und auf einmal war es ganz ruhig. Viel ruhiger wie sonst, wenn es ruhig ist.

»Jetzt darfst hinein«, hat die Mutter zur Karla gesagt, »weil jetzt schläft die Oma.«

Ganz leise ist Karla hineingegangen. Aber sie hat genau gesehen, daß die Oma nicht geschlafen hat. Sie hat genau wissen wollen, was los ist. Weil sie mit offenem Mund dagelegen ist. Sonst hat die Oma immer laut geschnarcht, wenn sie den Mund offen gehabt hat.

Karla hat den Stock von der Oma genommen, der beim Nachtkastel gelehnt ist, hat aufgezogen und der Oma gedroht: »Du Luder! Dich erwisch ich schon noch!«

Die Oma ist still geblieben. Da hat Karla eine Fliege gefangen und der Oma in den offenen Mund gesteckt. Dabei ist sie noch immer aufgewacht und hat mit der Karla geschimpft. Die Fliege wirbelt im löchrigen Mund von der Oma, und sie läßt sich das mit einer Seelenruhe gefallen.

»Nein«, sagt sich Karla, »das ist nicht schlafen. Wie eine geschnitzte Heiligenfigur liegt sie da und wartet auf das Himmelreich.«

Dann ist der Pfarrer gekommen, um ihr die letzte Ölung

zu geben. Er hat zur Oma geredet, als würd sie noch leben. Mit einem Öl hat er auf der Oma herumgeschmiert, wie wenn er sie einreiben wollt wie ein Kotelett.

Karla hat sich vorgestellt, wie es ist, wenn der Vater sie zwingt, einen Haxen vor der toten Oma zu essen. Wenn sie mit der Gabel in das offene Bein sticht, daß der Eiter nur so herausspritzt und der Vater sagt, daß der Eiterpatzen die Soß ist, in die sie das Beinfleisch von der Oma eintunken muß. Lieber hätte sie sich erschlagen lassen als davon zu essen. Nachher hat sie den Vater ganz dankbar angesehen, daß er sowas nicht von ihr verlangt, und sie hat sich gedacht: eigentlich habe ich eine schöne Kindheit.

Karla hat gewußt, wie tot die Oma ist. Da kann der Pfarrer noch soviel an ihr herumreiben und auf sie einreden. So wie die Ferkel, die keine Milchzitze erwischt haben und verhungert sind und der Hund, den der Nachbar zusammengeführt hat, so tot ist jetzt die Oma. Sie kann sich nicht mehr rühren, den Stock nicht mehr gegen die Karla aufziehen und ihr auch mit nichts mehr drohen.

Wie der Pfarrer gegangen ist und sie allein bei der toten Oma hat bleiben dürfen, ist ihr ganz warm geworden im Magen. Es hat geknistert und geprickelt, und sie hat fast keine Luft bekommen vor Aufregung.

Alles kann sie jetzt mit der Oma anstellen, und die Oma kann nichts dagegen tun. Karla zupft an ihrem Haarbesen und reißt ihr den Augendeckel hoch, bis sie das Weiße in den Augen anschaut. Sie zieht der Oma auch die Lippen in die Höhe und schaut sich ihre gelben Fleischerhaken genau an.

Alles muß sich die Oma gefallen lassen.

Karla sammelt einen Klumpen Speichel, rollt ihn mit der Zunge in der Mundhöhle hin und her und läßt den Pfropfen in den Mund der Oma plumpsen.

Karla wartet gespannt. Vielleicht springt die Oma auf und haut sie mit dem Stecken nieder. Aber sie rührt sich nicht.

Da wird es ihr seltsam. Der Pfarrer hat gesagt, daß die Oma beim lieben Gott ist. Aber sie liegt vor der Karla und muß sich alles von ihr gefallen lassen. Sie kann nicht einmal »muh« oder »mah« sagen.

Karla ist vorsichtig geworden im Glauben an die Erwachsenen. Mit der Christkindgeschichte hat die Lügerei angefangen, und jetzt soll sie glauben, daß die Oma schläft und beim lieben Gott ist.

Aber wenn der Pfarrer doch recht hat und die Oma wirklich beim lieben Gott ist? Dann muß Gott der Oma helfen. Dann wird er Karla für das In-den-Mund-Spucken bestrafen.

Sie stellt sich kerzengerade vor die Oma hin und fängt sicherheitshalber zu beten an. Vielleicht kann sie die Gottesstrafe noch abwenden.

Damals hat es geholfen. Jetzt betet sie vor dem Ernsti-Grab. Schaden kann es auf keinen Fall, auch wenn der Ernsti nicht in dem schwarzen Loch unten liegt. Vielleicht hat es Gott nicht gefallen, daß Karla den Unfall angerichtet hat und die Liebe des Lehrers erzwingen wollte.

Karla will etwas Gutes tun für den armen Ernsti und trägt die halbheruntergebrannten Kerzen von den anderen Gräbern zusammen. Sie zündet eine nach der anderen an und steckt sie in die Erde. Der Lichtfleck züngelt und flackert. Karla hat eine Freude an den vielen Wachsfarben, die langsam ineinanderrinnen und als graue Schmiere in die fette Erde sickern.

*

Zur dritten Stunde kommt Karla in die Schule. Da ist Physik schon vorbei. Vom Physiklehrer hat sie für heute genug. Sie hat gehofft, daß der Unfall längst vergessen ist, aber die ganze Schule weiß davon. Karla wird schon gesucht, und ein jeder glaubt, daß ihr doch was passiert ist.

Die Geschichtelehrerin schickt sie gleich zum Direktor. Sie ist heute nicht freundlich zu Karla, obwohl sie die Beste in Geschichte ist. Karla hat die Erzählungen von den alten Griechen gern, die ihren Göttern wunderschöne Tempel gebaut haben. Die Lehrerin war sogar schon einmal in Griechenland und hat die Akropolis gesehen. Seit Karla weiß, daß die Geschichtelehrerin die schöne Göttin Aphrodite nicht nur im Geschichtebuch gesehen hat, ist Karla ganz ehrfürchtig. Sie liest zu Hause immer ein Kapitel voraus, damit sie genau weiß, wovon die Lehrerin redet.

Der Direktor schaut viel strenger wie damals bei der Geschichte mit der Zeichnung. Der Physiklehrer steht daneben und sieht grantig drein mit seinem verkniffenen Mund. Die Augen läßt er aus seinen dicken Gläsern herausglotzen, daß sich Karla nicht mehr sicher ist, ob sie ihn noch will. Wenn er schon zum Direktor rennt, wegen einer Sache, die nur sie und ihn etwas angeht.

Karla wird traurig, und es ist ihr egal, ob der Herr Direktor schimpft oder nicht.

»Wo warst du, Krainer?« fragt der alte Herr.

»Auf dem Friedhof.«

Der Direktor und der Physiklehrer schauen einander an.

»Warum warst du auf dem Friedhof, anstatt in der Schule?« will der Direktor weiter wissen.

Karla zuckt mit den Schultern.

Da schreit sie der großbäuchige Mann an, daß Karla gleich so zusammenzuckt. Sogar den Physiklehrer hat es gerissen. Als ob er selber nicht genauso gut schreien könnte, wenn es nicht ruhig genug ist in der Klasse.

»Weil ich die Oma besucht hab und den Ernsti.«

»Wer ist der Ernsti?« fragt der Direktor. Dabei ist er wieder leise und schaut so sanft drein, daß Karla verwundert ist, daß er grad eben gebrüllt hat wie ein Stier.

»Der Ernsti hat immer Nasenbluten gehabt, wegen der Leukämie. Sie haben ihn angestopft mit Watte, bis er gestorben ist.«

Das Gesicht vom Herrn Direktor wird so butterweich, daß es vor Karlas Augen richtig zu verschwimmen anfängt. So hat sie den Direktor noch nie gesehen. Es wird ihr ganz komisch, und sie fürchtet, daß sich die große Nase so weich einbetten könnt in das teigige Gesicht, daß sie nur mehr eine weiche Fläche sieht und nicht weiß, wohin sie schauen soll.

»Und der Ernsti, das war dein Freund?« fragt er noch leiser.

Karla schüttelt energisch den Kopf. »Jetzt ist er mein Freund!«

»Na, gekannt wirst du ihn doch haben!«

Wieder schüttelt Karla den Kopf und schaut den Direktor mit großen Augen an.

Der mächtige Mann macht einen großen Schritt auf Karla zu, sodaß er ganz nah vor ihr zum Stehen kommt. Viel zu nah, als daß es Karla angenehm ist. Die Nase springt wieder groß aus dem Gesicht heraus, und die Löcher blähen sich auf und schnauben, als würden sie den Schlachthof riechen.

Die Glotzaugen vom Physiklehrer hängen auch noch immer auf Karlas Gesicht.

Langsam dreht sich der Direktor zum Lehrer und sagt leise: »Die ist nicht bei Trost. Es hat schon einmal was gegeben mit ihr. Sie hat einen Kasperl gezeichnet, der geschlachtet wird wie ein Schwein!«

Der Physiklehrer zuckt jetzt genauso mit den Schultern wie die Mutter damals, wie sie beim Direktor war. Gemeinsam könnten sie abheben, die Mutter und der Lehrer, ihre Arme ausbreiten und wie Hühner über den Zaun flattern.

»Mir ist wichtig, daß ihr nichts passiert ist«, sagt der Lehrer genauso leise. »Ich fahr auf jeden Fall zum Arzt mit ihr. Nicht, daß ich nachher irgendwelche Scherereien hab.«

Karla sieht von einem zum anderen. Elegant macht der Direktor die Tür auf und winkt sie zusammen mit dem Physiklehrer hinaus.

In seinem silberfarbigen VW fährt der Lehrer mit Karla zum Arzt. Sie schaut sich genau um im Wagen. Hinten sind zwei Kindersitze montiert. Beim Rückspiegel hängt ein Marderschwanz und baumelt vor dem duftenden Wunderbaum hin und her wie das Pendel bei einer Kuckucksuhr.

Karla ist es seltsam, so nah beim Lehrer. Sie hat es erreicht, daß sie neben ihm sitzen darf. Bei ihm im Auto zu sein ist fast, wie wenn er sie nach Hause eingeladen hätt. Alles hier drinnen ist so persönlich, nur seine Tasche auf dem Kindersitz erinnert daran, daß er Lehrer ist.

Karla darf neben ihm sitzen. Aber sie hat sich das anders vorgestellt. Sie wollte sich an ihn schmiegen, während er ihre Hand hält und sie auf den Mund küßt. Gemeinsam kutschieren sie durch die Welt. Sie bleiben stehen, wo es ihnen gefällt und leben von Wurzeln und Beeren.

»Was ist dir eingefallen, als du ohne Handzeichen losgefahren bist?«

Er reißt Karla aus ihren schönen Gedanken mit ihm.

Langsam dreht sie den Kopf zum Lehrer und sieht ihn mitleidig an. So mitleidig wie die Kälber den Viehhändler ansehen, wenn er sie zum Schlachten führt. Der Blick von Karla erschreckt den Lehrer, macht ihn unsicher, und er schaut, als ob er nicht wüßt, ob er das Kalb retten oder erschlagen soll.

Er steigt aufs Gas und sieht mit kurzen Blicken immer wieder zu Karla, die sich eingesehen hat in ihr Kälbergeschau.

Die dicke, goldene Brille rutscht auf der Lehrernase auf und ab. Er regt sich so auf, daß seine Nasenflügel richtig Schwung nehmen. Aber nach ein paar großspurigen Flatterversuchen stürzen sie zusammen und bleiben aneinanderpicken. In seiner Wut schreit er wie der Herr Direktor: »Schau mich nicht so an. Ich bin nicht schuld. *Du* bist mitdreingefahren!«

Karla schaut trotzdem weiter. Vor ihren Augen vermischt sich das Gesicht vom Lehrer mit dem vom Direktor, und für einen Moment weiß sie nicht, wer wirklich neben ihr sitzt. Am liebsten würde sie diese Nasenflügel neben sich mit Watte ausstopfen, so wie sie es beim Ernsti gemacht haben. Immer, wenn dieser Lehrerdirektor schreien will, quillt eine Riesenpackung Watte aus seinem Mund. Die Watte ist so weich, daß sie jeden Ton abfängt und der Lehrer bis an sein Lebensende kein lautes Wort mehr sagen kann.

Es wär überhaupt das Beste, wenn er nicht mehr reden könnt. Dann würd ihn Karla in den Hundezwinger sperren. Der steht sowieso leer, seit der Rolfi nimmer ist.

Sie würde den Lehrer füttern wie die Schweindeln. Jeden Tag könnt sie ihn anschauen und riechen. Er müßt es sich gefallen lassen und könnt nicht mit ihr herumplärren wie der alte Direktor.

Karla lächelt die ganze Zeit vor sich hin, bis sie beim Arzt sind, und sie hört überhaupt nicht auf das, was der Lehrer redet. Ob es ihm recht ist, wenn Karla in sich hineinlächelt, ist ihr gleich. Was sich Karla denkt, geht ihn überhaupt nichts mehr an. Seit sie in ihm auch den gewamperten alten Direktor sehen kann, hat der Lehrer viel von seiner Schönheit verloren. Sie mag nicht einmal mehr auf seine schmalen Hände schauen, weil sich vor ihren Augen immer wieder die Fettpölster des Direktors drauflegen. Der Physiklehrer muß sich viel einfallen lassen, wenn Karla ihn wieder interessant finden soll. Trotzdem zieht sie seinen Rasierwasserduft tief ein. Dabei macht sie die Augen zu, damit sie den Geruch überall in sich spürt.

Weil, wer weiß, wie lang sie den Physiklehrer noch riechen kann.

Daheim wissen sie vom Unfall, noch bevor Karla nach Hause kommt. Der Direktor war persönlich da und hat es den Eltern erzählt. Weil Telefon haben sie noch immer keines.

Der Mutter ist es unangenehm, weil sie grad Erdäpfel gekocht hat für die Säue. Im Saustallkittel ist sie dagestanden, wie der Herr Direktor in den Hof eingefahren ist. Dieser feine Mensch, und die Mutter hat ausgeschaut wie eine Magd mit dem großen, graugeblümten Kopftuch, unter dem sie die Haare fein säuberlich verstaut hat, damit sie nicht nach Saumist stinken.

Bad haben sie keines, als daß sich die Mutter jeden Tag pflegen könnte. Nur einmal in der Woche, am Samstag, wird im großen Rexhäfen Wasser heiß gemacht und die Blechwanne, in der die Mutter sonst die Wäsche einweicht, in der Stube aufgestellt. Als erstes darf Karla baden, weil sie am wenigsten dreckig ist.

Nach ihr steigt der Vater in seiner schwarzen Glatthose in die Wanne. Der Vater hat immer schwarze, weite Unterhosen an, weil man da den Dreck nicht drauf sieht und alles gut durchgelüftet wird.

Die Mutter rubbelt dem Vater mit dem Waschlappen den Rücken ab und schrubbt so fest, daß sie stöhnt vor Anstrengung. Der Vater zieht sich nie nackt aus, weil Karla in der Stube fernsieht. Die »Löwinger Bühne«, »Wünsch Dir was« oder den Kuhlenkampf, den der Vater so gern mag.

Wenn grad die »Löwinger Bühne« im Fernsehen ist, schaut die Stube aus wie ein Kinosaal mit Schwimmbad. Dann kommen auch die Nachbarn, weil die Eltern von Karla die einzigen im Dorf sind, die einen Fernseher haben.

Früher hat Karla immer nackt gebadet, obwohl die Nachbarn da waren. Seit ihr aber der Manfred erzählt hat, daß den Franzi die »Löwinger Bühne« gar nicht interessiert und er nur mitgeht, weil er der Karla beim Baden zuschauen möcht, zieht sie immer einen Bikini an.

Manchmal wird die Mutter ungeduldig, wenn die Nachbarn so lange bleiben. Dann muß sie noch einmal nachheizen und wieder einen Häfen mit Wasser aufstellen und zum alten Badewasser dazuschütten, weil es schon kalt geworden ist.

Die Mutter wartet immer, bis alle heimgegangen sind. Dann geht sie baden. Aber im Dunkeln.

Karla darf derweil fernsehen, damit die Mutter ein bißchen Licht zum Waschen hat. Zum Schluß darf Karla der Mutter den Rücken einseifen und abwaschen. Karla ist richtig stolz auf diese Arbeit, weil *sie* die Mutter waschen darf und nicht der Vater. Der Rücken der Mutter ist weiß und glatt, sodaß Karla fast abrutscht beim Seifen. Nur die braunen Oberarme machen einen Strich auf der Haut, sodaß die nackte Mutter von hinten aussieht, als hätte sie ein kurzärmeliges, weißes Leiberl an.

Karla tut so, als würde sie überhaupt nicht schauen beim Waschen. Dabei schielt sie heimlich nach den kleinen hängenden Brüsten und nach dem schwabbeligen Bauch mit dem großen Nabelloch.

Der Körper der Mutter ist geheimnisvoll für Karla. Er ist so anders wie ihr eigenes Gerippe. Sie kann sich nicht vorstellen, daß aus ihren unscheinbaren Nippelchen einmal solche leere Opferbeutel werden sollen.

Karla kommt sich vor wie ein Bub. Ihr fehlt nur der seltsame Beutel zwischen den Beinen. Aber sogar den kann der Manfred so geschickt zwischen seine Schenkel klemmen, daß ihm nichts bleibt wie das nackte Dreieck unterhalb vom Nabel. Wenn beide so dastehen beim Baden am Bach, die Karla und der Manfred, soll einer auf der Stelle sagen, wer von den beiden der Bub und wer das Mädchen ist.

Nach dem Bad am Samstagabend hilft Karla der Mutter immer die Wanne ins Freie tragen.

»Jetzt fühl ich mich richtig sauber«, stöhnt die Mutter wohlig. Aber Karla kann nicht glauben, daß die Mutter wirklich sauber ist. Eine fingerdicke Fett- und Schuppenschicht schaukelt auf dem Badewasser und macht es milchig.

Ich könnte nie nach jemandem nachbaden, denkt sich Karla und bewundert die Mutter, wie sie das aushält. Mir würd es so grausen, daß ich speiben müßt, wenn ich in die abgewaschenen Hautfetzen vom Vater und der Mutter steigen müßt.

Was eine Mutter alles mitmacht. Karla schüttelt den Kopf und ist froh, keine Mutter zu sein, die solche Opfer bringen muß.

Wie das wohl mit dem Physiklehrer ist, drängt sich die Vorstellung in Karlas Kopf. Ob er auch so speckige Schuppen wie der Vater hat? Mit ihm hätt sie vielleicht sogar zusammen gebadet. Er hätt ihr ganz zart den Rücken waschen dürfen, und ihre beiden Hautschuppen hätten sich zusammengetan, ganz fest und nichts in die Wanne gelassen, was sich dazwischengedrängt hätte.

Karla wischt den Gedanken gleich wieder beiseite. Hier, in der dunklen Stube und in der kleinen Blechwanne, kann sie sich den Physiklehrer sowieso nicht vorstellen. Das müßt jetzt schon ein See sein, in dem sie baden. In einer weiten, ebenen Landschaft, in der es sonst keine Menschen gibt. Und er müßt sich viel einfallen lassen, daß sich Karla überhaupt noch von ihm einseifen läßt.

Die Mutter hat sich geniert vor dem Direktor und ärgert sich über Karla, weil sie ihr diese Blamage eingebrockt hat. Der Vater ist da anders. Er hat seine blaue Arbeitsmontur, die nach Silage stinkt, absichtlich nicht ausgezogen, damit der feine Herr einmal riecht, was Arbeit ist.

»Wenn er aber nicht weiß, daß die Silage so stinkt, glaubt er, du rennst mit einer vollen Hose herum«, hat die Mutter ihn überreden wollen.

»Soll er glauben, was er will. So weit kommt es noch, daß ich mich vor den Großkopferten für meine Arbeit genier.«

Karla findet auch, daß der Vater grauslich stinkt. Aber sie gönnt es dem Direktor, daß er den Silo hat riechen müssen. Trotzdem möcht sie nicht, daß der Direktor glaubt, der Vater hat die Hosen voll.

Der Vater streichelt Karla den Kopf und schaut sie lang an: »Ich bin froh, daß dir nichts passiert ist. Aber daß du noch immer nicht gescheit Rad fahren kannst, ist schon eine Schand. Wenn wir Bauern auch keine Studierten sind, aber einen Führerschein haben alle in der Familie. Deine Tante ist nach dem Krieg sogar Motorrad gefahren. Mit der Maschine vom Opa. Und dein Opa war sogar Gemeinderat.«

*

Der Opa. Karla kann sich nur mehr dunkel an ihn erinnern. Seine große, knochige Hand hat so stark gezittert, als würd er ständig auf den Tisch klopfen.

Die Mutter und der Opa haben nichts miteinander geredet. Wenn der Opa was wollen hat von der Mutter, hat Karla es der Mutter immer ausrichten müssen, obwohl der Opa und die Mutter in der Stube waren.

Für Karla war das lustig. Sie hat gern den Postillon gespielt. Manchmal hat sie der Mutter was anderes ausgerichtet wie der Opa ihr aufgetragen hat. Und weil der Opa gehört hat, daß Karla was anderes sagt, hat er sie ausgebessert. Und so ist es fast gewesen, wie wenn der Opa und die Mutter miteinander geredet hätten.

Karla war dann erleichtert und hat gehofft, daß alles wieder gut wird und sich der Opa und die Mutter wieder miteinander vertragen. Aber dann hat der Opa, der gestunken hat wie ein voller Aschenbecher, in einem langen Ziehen seinen Rotz in den Mund geholt und ihn auf den Stubenboden gespuckt.

Die Mutter ist fuchsteufelswild geworden und hat geschimpft mit dem Opa: »Du Saubartel. Wie komm ich dazu, deinen Rotz aufzuwischen? Kannst in deinem Zimmer spukken und rotzen. Aber dort traust dich nicht, weil dann kriegst mit der Oma ihrem Stecken eins drüber.«

Auf das hin ist der Opa bös geworden und hat zurückgeschimpft: »Das ist immer noch mein Haus. Hier kann ich spucken, soviel ich will und wohin ich will. Wenn es dir nicht paßt, du weißt, wo die Tür ist!«

Die Mutter hat nichts mehr gesagt, ist das Geschirr waschen gegangen und hat selber laut den Rotz aufgezogen. Damit der Opa hört, daß sie weint.

Karla hat es immer gewürgt, wenn sie auf den Rotzpatzen geschaut hat. Einmal ist der Rolfi grad im Haus gewesen. Der hat sich auf den Schleim vom Opa gestürzt und ihn zusammengefressen.

Der Opa hat immer nur dann auf den Boden gespuckt, wenn die Mutter von der Karla im Haus war. Einmal wollt Karla den Rolf holen, bevor die Mutter den Rotzpatzen merkt. Aber der Opa hat den Rolf gleich gestampert und gemeint, er will nicht, daß der Hund den grauslichen Schlatz frißt. Nachher leckt der Rolf ihm wieder die Hände ab, und das ist unappetitlich.

Auch an das Sterben vom Opa kann sich Karla weit weg erinnern. Damals war sie fünf oder sechs Jahre alt. Es war im August und ziemlich heiß. Den Opa haben sie auch daheim aufgebahrt in seinem Bett. Die Oma hat dann bei Karla in der Stube geschlafen. Neben dem toten Opa wollte sie nimmer liegen.

Vor dem Begräbnis sind die Nachbarn gekommen und haben Weihwasser auf den toten Opa gespritzt. Im

Zimmer hat es so gestunken, daß sich Karla die Nase zugehalten und den Vater gefragt hat: »Wer läßt da immer einen Buh?«

Karla hat sich geärgert über die unappetitlichen Erwachsenen. Sie hat nie vor anderen Leuten einen Buh lassen dürfen. Wie der Vater ihr keine Antwort gegeben hat, ist sie zornig geworden und hat laut geschimpft, daß sie immer hinausgehen muß, wenn sie einen Buh lassen will.

Da hat ihr der Vater ins Ohr geflüstert, daß es der Opa ist, der so vor sich hinstinkt.

Da hat Karla große Ehrfurcht bekommen. Der Tod ist so groß und mächtig, daß man sogar einen Buh lassen kann, ohne daß man dafür Schimpfer bekommt.

Niemand hat sich aufgeregt über die vielen Buhs vom toten Opa. Jeder hat getan, als würd er sie nicht riechen.

Karla ist glücklich gewesen, daß sie dem Tod durch das Sterben vom Opa so nahe gekommen ist. Sie hat versucht soviele Buhs wie nur möglich zu machen, damit sie sich mit denen vom Opa vermischen, und so ist sie auch ein bißchen eingegangen in den Heiligen Tod. Dort darf man vielleicht mehr als nur stinken, vielleicht ist dort überhaupt alles erlaubt, was im Leben verboten ist.

Der Opa kann endlich rotzen und spucken, soviel er will, ohne daß die Mutter mit ihm schimpft, und Karla kann den ganzen Most verschütten, ohne daß sie noch einmal in den Keller muß.

Die Nachbarn und Verwandten haben der Oma und den Eltern die Hand geschüttelt und ihnen ein Beiried gewunschen. Karla hat gewußt, daß ein Beiried ein Stück vom Rind ist, aber warum es die Leute beim Tod vom Opa den Verwandten wünschen, hat sie nicht verstanden. Später ist sie draufgekommen, daß es Beileid heißt, aber damit hat sie noch weniger anfangen können.

Was immer die Leute den Eltern und der Oma auch gewünscht haben, genützt hat alles nichts. Wie sie den Sarg vom Opa ins schwarze Loch hinuntergelassen haben mit dem Strick, haben sie trotzdem Rotz und Wasser geweint. Und die Oma haben sie richtig festhalten müssen, daß sie nicht nachhineinfällt, so weit hat sie ins Loch hinein nachgeschaut.

Der Tod ist genauso wenig allmächtig wie der liebe Gott, der auch nicht imstande ist, jeden Wunsch zu erfüllen. Sonst hätt die Oma nicht dauernd beten müssen für den Opa, daß er in den Himmel kommt. Wenn die Karla gefragt hat, warum die Oma soviel beten muß für den Opa, hat sie gesagt, damit er Ablaß kriegt, weil er zu Lebzeiten so grauslich zu ihr und zur Mutter von der Karla war.

Die Wünsche sind größer als Gott und der Tod. Sie sind größer als alle Heiligen, die sie erfüllen sollten. Solange Gott, der Heilige Tod und all die anderen Heiligen nicht alles erfüllen können, was die Menschen sich wünschen, müssen die Wünsche mächtiger sein. Da der liebe Gott auch nur so etwas wie ein besserer Heiliger ist, höchstens der Direktor der Heiligen, kann Karla an seine Allmacht nicht recht glauben und betet lieber den an, der ihr am mächtigsten vorkommt.

In der Kirche singt sie aus vollem Herzen: »Großer Wunsch, wir loben dich. Herr, wir preisen deine Stärke. Vor dir neigt die Erde sich und bewundert deine Werke.«

Nach dem Begräbnis vom Opa hat der Vater den Laschesack, der die Matratze für das Bett vom Opa war, zusammen mit der Steppdecke genommen und angezündet. Es hat gebrannt wie ein Osterfeuer. Sogar die Nachbarn sind gekommen und haben ehrfürchtig in die brennende Bettstatt geschaut.

»Jetzt braucht der Opa kein Bettzeug mehr, jetzt schläft er auf den Wolken«, hat der Vater gesagt.

Karla hat zum Himmel hinaufgeschaut. Die Wolken sind gar nicht weiß und flauschig gewesen, sondern grau und schwer. Karla hat den Opa ganz deutlich in der fetten, dunklen Wolke liegen gesehen.

Wenn es jetzt zum regnen anfängt, ist das der Rotz vom Opa, den er vom Himmel herunterspuckt.

»Jetzt bist endlich erlöst«, hat die Mutter vom Franzi und vom Manfred zur Mutter von der Karla gesagt. Und wie die Mutter so dagestanden ist, die Hände vorm Bauch gefaltet und ins Bettfeuer vom Opa geschaut hat, hat sie in einem fort genickt wie eine aufgezogene Madonna aus Mariazell.

Karla hat nicht verstanden, warum die Mutter erlöst sein soll, wo der Pfarrer beim Begräbnis dauernd gesagt hat, daß der Opa erlöst ist. Aber sie hat keine Zeit mehr gehabt, darüber nachzudenken, weil es zu regnen angefangen hat.

Ganz zäh sind die ersten Patzen vom Himmel gefallen und auf den Blättern hängengeblieben. Auch in Karlas Haar hat sich ein Pfropfen verfangen und sich durch das blonde Gestrüpp gewunden, bis sie es feucht auf der Kopfhaut gespürt hat. Sofort ist sie ins Haus gelaufen, weil ihr so vor der himmlischen Spucke vom Opa gegraust hat. Karla hat die Mutter überhaupt nicht mehr verstanden, wie sie mit einer Seelenruhe weiter ihre Stauden gehackt und die feinen Äste ins Feuer geworfen hat. Nur die großen, schönen Prügel hat sie auf die Seite gegeben, als Holz für den Herd.

Warum ist die Mutter nicht unters Dach gegangen und hat gewartet, bis dem Opa die Spucke wegbleibt? Jetzt, wo er tot ist, graust es der Mutter nimmer vor seinem Rotz.

Karla hat im Haus gewartet, bis der Regen vorbei war. Wie die Sonne wieder herausgekommen ist, haben die Blätter geglänzt wie die Lackschuhe, die sie sich zur Erstkommunion gewünscht hat. Und in den Lachen ist noch richtig der Schaum gelegen, sodaß Karla nicht gewußt hat, wohin sie steigen soll, um dem Rotz auszuweichen.

Da hat sie das Geselchte aus dem Kühlschrank genommen und Stück für Stück auf die nasse Erde geworfen. Wie der Rolf in seiner Gier aufs Fleisch gestürzt ist, hat er den Boden gleich mit aufgeleckt. Dort ist Karla hingestiegen, weil der Rotz vom Opa weg war, wo sie den Rolf hat lecken lassen.

Nachher, wie die Mutter gemerkt hat, daß der Selchschinken verschwunden ist, hat Karla steif und fest behauptet, daß sie ihn gegessen hat. Aber weder der Vater noch die Mutter haben ihr geglaubt.

»So einen Brocken bringst du nicht hinunter in dein kleines Magerl«, hat die Mutter gesagt, und der Vater hat gemeint: »Das Stück wär sogar dem Hund zuviel.«

Der Vater hat noch nicht gescheit ausgeredet, hat der Rolf auch schon losgespieben, dieser Verräter. Genau dort, wo der Opa immer hingespuckt hat in der Stube.

Die schlecht gekauten Selchbrocken sind noch gut sichtbar in der Speibsoße gelegen. Da hat Karla nichts mehr verheimlichen können. Der Vater hat gleich auf den armen Rolf dreingehaut und ihn ein »Schwein« geheißen. Dabei hat Karla noch nie ein Schwein speiben gesehen. Der Rolfi hat gewinselt und gejault und wollte nichts wie hinaus, aber der Vater hat ihn nicht lassen.

Freilich hat Karla einen Zorn auf den Rolfi gehabt, weil er ruhig ein bißchen später hätte speiben können und nicht grad in der Stube, wo man das Geselchte deutlich sieht. Sie hat weinen müssen vor Mitleid und hat geschrien: »Laß den Rolfi in Ruh, schlag lieber mich.«

»Du kommst auch noch dran, verlaß dich drauf«, hat der Vater zurückgeschrien und weiter auf den Rolf eingedroschen.

Da hat Karla schnell die Tür aufgemacht und den Rolf hinauslassen. Wie ihr der Vater links und rechts eine herun tergehaut hat, daß es nur so gerauscht hat in den Ohren, war es für Karla direkt eine Erleichterung, daß wenigstens der Rolf in Sicherheit war.

Später hat sie die Speibe vom Rolf aufwischen müssen und ist arg ins Würgen gekommen, weil sie sich vorgestellt hat, daß sie die Speibe zur Strafe aufessen muß. Da waren ihr die Schläge noch allemal lieber.

Einmal hat sie ordentlich Dresch gekriegt vom Vater, weil sie ein Kalb versteckt hat. Der Viehhändler hätte es zeitig in der Früh holen sollen. Karla hat gewußt, daß er es hinausdreschen will aus dem Stall und zum Abstechen bringen, so wie die Kälber vorher.

Karla hat das Kalb Sissi getauft, wie die Kaiserin von Österreich, die sie aus dem Fernsehen kennt. Jeden Sissi-Film hat sie gesehen und ist sehr traurig gewesen, daß diese schöne, gute Frau umgebracht worden ist.

»Aber die Frau im Film ist gar nicht tot«, hat die Mutter sie getröstet. »Das ist nur eine Schauspielerin, die gespielt hat, daß sie tot ist.«

Karla ist erleichtert gewesen und hat mehr von dieser Schauspielerin wissen wollen. Wie sie denn jetzt lebt und ob sie noch immer eine Kaiserin ist.

Da ist die Mutter ganz traurig geworden und hat gesagt, daß die Schauspielerin ein sehr schlechtes Frauenzimmer geworden ist und in schrecklichen Filmen spielt, in denen sie sich nackt auszieht. Sie ist in schlechte Gesellschaft gekommen beim Film und jetzt ganz verdorben.

Das hat sich Karla nicht vorstellen können. Diese liebe und schöne Kaiserin soll unanständig geworden sein? Da wäre es doch besser gewesen, sie wäre wirklich gestorben, wie sie noch gut und rein gewesen ist.

Im Andenken an die gute Kaiserin und nicht an die unwürdige Schauspielerin hat sie das Kalb Sissi genannt.

Heimlich ist sie am Abend in den Stall gegangen und hat es losgebunden. Das Kalb ist Karla nachgelaufen, wie alle Kälber den Menschen nachlaufen, wenn sie frei sind.

Sie hat es in der Stängerhütte vom Nachbarn versteckt, wo es kein Mensch vermutet hätt. In der Stängerhütte werden im Winter die Stangen für die Heuharpfen aufbewahrt. Im Sommer ist die Hütte leer und hat genug Platz für zehn Kälber.

In der Früh hat der Vater geschaut, wie er in den Stall gegangen ist, und das Kalb war weg. Aber er hat gleich gedacht, daß es Karla gewesen ist. Um fünf Uhr in der Früh hat er sie aus dem Bett geholt und mit ihr geschrien, sie soll das Kalb zurückbringen, sonst schlägt er sie bis zum Umfallen. Der Viehhändler ist daneben gestanden. Karla hat kein Wort gesagt. In einem fort hat sie den Händler angeschaut und gewußt, wenn sie das Versteck verrät, wird er die Sissi mitnehmen und zulassen, daß der Fleischhacker ihr den Kragen durchschneidet. Immerfort hat sie den Viehhändler angeschaut, bis ihr der Vater eine heruntergehaut hat. Aber Karla war tapfer und hat nicht einmal geweint. Da hat der Vater auf Karla eingedroschen, bis der Viehhändler dazwischengegangen ist und gesagt hat, daß er das Kalb nimmer will. Der Vater braucht die Karla gar nicht weiterschlagen, weil er das Kalb sowieso nicht mehr mitnimmt. Er hält es nicht aus, wie es hier zugeht wegen einem Stück Vieh. Der Vater kann sich in Zukunft einen anderen Händler suchen. Dann ist er gefahren. Und der Nachbar ist gekommen und hat den Vater ausgelacht, was er sich bieten läßt von seinem Fratz.

Da hat sich der Vater geniert für die Karla und den Nachbarn gefragt, was er tun soll. Er kann sein Kind doch nicht erschlagen.

»Verzogen habt Ihr sie, Karl«, hat der Nachbar mit einer hohen Stimme gesagt und Karla so giftig angeschaut, daß ihr sein Gesicht vorgekommen ist wie ein Fliegenpilz.

Karla ist mit dem Kalb erst wieder herausgerückt, wie der Vater ihr versprochen hat, daß er es für die Zucht behält. Später ist sie noch oft mit der Sissi spazierengegangen und hat sie zu den saftigsten Wiesen geführt. Die anderen Kühe haben nur das gemähte, welke Gras zum Fressen gekriegt, im Stall, an der Kette.

Einmal hat die Sissi aber zuviel Klee erwischt und ist aufgegangen wie ein Faschingskrapfen. Der aufgeblähte Magen hat ihr die Luft abgedrückt und sie hat geschnauft und geröchelt zum Erbarmen. Da hat der Vater einen Pansenstich gemacht. Er hat den Trokar, ein Stilett mit einer übergestülpten Klinge, genommen und der Sissi in den Bauch gestochen. Das Messer hat er wieder herausgezogen, und die übergestülpte Klinge ist im Kälberbauch steckengeblieben. Vorne hat sie ein Loch gehabt. Aus dem Rohr sind die Gärgase herausgezischt wie die Luft aus einem löchrigen Fahrradschlauch.

Die Sissi hat aber schon die Augen übergedreht. Weil der Vater nicht gewußt hat, ob sie davonkommt, hat er vorsichtshalber eine Notschlachtung gemacht. Karla hat das nicht wollen, und sie hat den Vater angefleht, es nicht zu tun. Aber er hat gesagt, daß er schon genug Schaden hat. Wie wenn er ein Stück Brot vom Laib schneiden würd, hat er das Messer am Hals von der Sissi angesetzt und gut bis zur Hälfte aufgeschnitten. Als würd man beim Bach die Absperrung aufmachen, ist das Blut herausgeschossen und hat den halben Kuhstall überschwemmt.

Karla hat dem armen Kalb immer nur in die Augen geschaut, und die Augen haben so mitleidig die Karla angeschaut, als würde sie abgestochen und die Sissi schaut zu. So ist sich Karla auch vorgekommen. Tief ins Herz hinein ist dieser Stich gegangen und hat drin gebohrt.

Wie der Vater und der Nachbar, der helfen gekommen ist, die Sissi längst aufgehängt und ihr die Haut vom Fleisch geschnitten haben, ist Karla noch immer dabei gestanden und hat dem toten Vieh den Kopf gestreichelt. Dabei hat sie leise geweint. Der Vater hat sie gefragt, ob sie aufhört zu weinen, wenn er ihr den Kopf von der Sissi schenkt. Karla hat genickt, und der Vater hat auf das gute Kalbshirn verzichtet.

Drei Tage lang hat Karla den Kalbskopf in der Stängerhütte vom Nachbarn versteckt. Immer wieder ist sie hingegangen und hat ihn gestreichelt. Aber dann waren so viele fette Schmeißfliegen auf den Augen, in den Ohren und in den Nasenlöchern, daß ihr gegraust hat davor. Sie hat den Kopf dem Vater gebracht, und er hat ihn hinter dem Stall neben dem Garten eingegraben. Zusammen mit der Karla hat er ein Holzkreuz genagelt und es aufs Grab gestellt. So ist Karlas Tierfriedhof entstanden.

Karla hat für die Sissi gebetet und sich vorgenommen, nie mehr ein Kalb so zu nennen, weil man eine Sissi nicht retten kann.

*

Seit dem Unfall mag Karla den Physiklehrer nicht mehr so gern. Zwar riecht er immer noch gut und Karla zieht seinen Duft tief ein, wenn er in die Klasse kommt, aber sie gibt ihm keine Zeichen mehr. Sie zeigt nicht einmal mehr auf, wenn sie was weiß, weil sie sich nur ärgert, wenn er »Krainer« anstatt »Karla« zu ihr sagt.

Ihre Schulkameraden können ihn sowieso nicht leiden, weil er so streng ist. In seinen Stunden muß es mucksmäuschenstill sein. Wenn jemand laut redet oder mit dem Sessel hutscht, trägt er Schlechtpunkte in seinen Kalender ein. Am Ende ist die Note immer eine Mischung aus Betragen und physikalischem Wissen. Ein Schüler, der den Unterricht nicht stört, aber nichts weiß, ist dem Lehrer viel lieber als einer, der die Formel für Beschleunigung weiß, aber mit U-Hackerln durch die Gegend schießt.

Es ist Physiktest. Die Schüler schwitzen bei den schwierigen Fragen. Derweil sammelt der Lehrer die Stammbücher ein, um was Nettes hineinzuschreiben. Es ist ganz ruhig in der Klasse. Nur das gleichmäßige Kratzen der Füllfedern ist zu hören. Für Karla klingt es wie das Scharren einer ganzen Rattenbande. Sie paßt auf, wann der Lehrer ihr Stammbuch an die Reihe nimmt. Irgendjemand stöhnt auf, weil die Fragen so schwer sind. Der Lehrer reißt den Kopf in die Höhe und schaut, wer sich zu stöhnen traut. Langsam läßt er den Kopf wieder sinken und legt sich erneut auf die Lauer, auch wenn er so tut, als wär er nur mit dem Stammbuchschreiben beschäftigt. Bald ertappt er den Störenfried und fährt ihn an: »Es gibt nichts zu stöhnen. Entweder arbeitest du ruhig weiter oder du gibst ab!«

Karla gibt die ganze Stunde lang keinen Ton von sich. Mit einem Auge lugt sie immer wieder nach dem Stoß mit den Stammbüchern. Genau sieht sie, wie er ihr blaues Buch mit der roten Porte nimmt, die Seiten überblättert und das letzte Blatt aufschlägt. Es wird ihr heiß im Gesicht, und das Herz schlägt so fest, daß sie es bis in den Kopf hinein spürt. Er wird ihr doch nicht aufs letzte Blatt schreiben. Karla kann ihre Gedanken für den Test nicht mehr zusammenhalten. Wenn er ihr wirklich aufs letzte Blatt schreibt, hat der Lehrer vielleicht nur so getan, als wär ihm Karla gleichgültig. Am End hat er nur auf einen günstigen Moment gewartet, um ihr zu sagen, wie sehr er sie mag. Vielleicht hat sie ihm unrecht getan, wenn sie geglaubt hat, daß er nichts versteht. Er wollte seine Gefühle nur geheimhalten, und jetzt schreibt er ihr: »Ich schreibe dir aufs letzte Blatt, weil ich dich am liebsten hab!« Karla schaut auf jede Bewegung, die er beim Schreiben macht. Zwar tut sie so, wie wenn sie eifrig am Test arbeiten würd, aber was sie niederschreibt möcht sie lieber nicht herzeigen.

Karla starrt den Lehrer an. Ganz genau schaut sie, was für ein Gesicht er macht, wie er sich mit ihrem Stammbuch beschäftigt. Da schaut er auf und der Karla geradewegs in die Augen. Wenn er doch nichts gesagt hätte. Niemandem wäre dieses Schauen von Aug zu Aug aufgefallen. Ihr gemeinsames Geheimnis wäre es gewesen.

»Krainer, warum schwindelst du?« fragt er kalt und unpersönlich. Es ist Karla peinlich, daß er sie vor den anderen so lieblos anspricht. Sie senkt den Kopf und schreibt weiter, tut so, als würde ihr viel einfallen. Karla schreibt auf einmal so schnell, wie wenn die Antworten in Physik den Fingern weit voraus wären. Sie läßt die Buchstaben laufen, die einzigen, die ihr einfallen, immer die gleichen, bis das Blatt vollgeschrieben ist.

Sie will ihm nicht mehr in die Augen schauen.

»Einmal um die ganze Welt«, hört sie auf einmal seine Stimme dicht neben ihr. »Wie interessant!«

Karla zuckt zusammen und schielt hinauf. Der Lehrer steht neben ihr und schaut. Vielleicht merkt er auch, was in ihr vorgeht, wenn er die zittrigen Buchstaben sieht, die nichts wiedergeben wie den immer gleichen Satz: »Einmal um die ganze Welt.«

»Willst du mich pflanzen?« fragt er bedrohlich leise. Für Karla wird das Scharren der Federn rundherum lauter, bis sie nur mehr ein aufdringliches Rampfen und Kratzen hört. Es gibt nichts mehr zu sagen. Karla schreibt weiter. Sie greift nach einem neuen Blatt. Die Buchstaben fließen wie von selber aus der Füllfeder, zerschneiden die kleinen Quadrate im karierten Papier.

»Ob du mich pflanzen willst, hab ich dich gefragt«, schreit der Lehrer in Karlas Ohr, daß der Satz dröhnt wie ein Echo. Mit einem Schlag hört das Scharren auf. Karla spürt den Lehrer, wie er hinter ihr steht, Luft holt und laut ausschnauft.

Sie hört mitten im Wort zu schreiben auf und stiert vor sich hin. Wenn geschrien wird mit ihr, bleibt sie ruhig, rührt sich einfach nicht mehr, wie eine Eidechse, der man auflauern will. Lieber würde Karla ersticken, als einen Ton von sich geben. Hier kennt sie sich aus, im Stillsein und Aushalten.

Sie spürt den warmen Wind von seinen schnaufenden Nüstern in ihrem Nacken. Sein heißes Gesicht brennt ihr auf dem Rücken und sein »Gib Antwort, wenn ich dich frage« dröhnt in ihrem Kopf wie das helle Klopfen, wenn der Vater die Sense dengelt.

Karla tun schon die Kieferknochen weh, so fest beißt sie die Zähne zusammen. Am liebsten wär ihr, wenn ihr die Ober- und Unterzähne zusammenwachsen, dann müßte sie nie mehr was sagen. Sie würde nur mehr gütig lächeln mit ihrer weißen Zahnreihe.

Zuerst würde ihr der Lehrer schlechte Noten geben, weil sie nichts sagt. Irgendwann aber würd sie den Mund aufmachen und lächeln. Dann würd es ihm leid tun.

Noch darf Karla nicht lächeln. Noch sind Ober- und Unterzähne getrennt. Aber wenn sie nur lang genug zusammenbeißt, werden sich die Zähne vielleicht miteinander verbinden, wie die Bäume beim Veredeln, wo ein Stamm den anderen annimmt, wenn man die beiden nur fest genug zusammenschnürt.

»Muß ich dich schlagen, damit du redest?«

Der Lehrer ist wieder leise geworden. Karla kann die Zähne nicht mehr zusammenbeißen, weil sich soviel Spucke in ihrem Mund gesammelt hat. Ausspucken würde sie am liebsten, direkt dem Lehrer vor die Füße. Aber er lauert ihr noch immer im Genick.

Der Nachbar-Manfred, der mit ihr in die gleiche Klasse geht, zeigt artig auf und rutscht auf seinem Sessel unruhig hin und her.

»Das hilft nichts, Herr Fachlehrer«, sagt der Manfred

ruhig. »Ich kenn die Karla. Ihr Dadi hat das schon probiert. Er hat gesagt, die Karla läßt sich lieber erschlagen, als daß sie den Mund aufmacht. Und wenn er sie in den stockfinsteren Schweinestall sperrt, weint sie nicht einmal mehr.«

Manfred schaut Karla prüfend an, daß sie ja nichts anderes tut als er dem Lehrer gesagt hat. Karla stiert weiter vor sich hin, nur die Spucke im Mund wird soviel, daß sie den Patzen in den Backen verteilt.

Langsam schiebt sie den Hals in die Höhe, will spüren, ob der Lehrer noch immer hinter ihr steht und schnauft. Ihr Rücken kräuselt sich. Ganz leicht zuckt sie zusammen. Da befiehlt der Lehrer sanft: »Manfred, sammle den Test ein!«

Ist es das Zucken von Karla, das er als Nachgeben deutet? Oder spürt er, daß es nicht mehr lang gedauert hätt und sie hätt ihm den ganzen Patzen im Mund vor die Füße gespuckt.

Ein Flüstern und Tuscheln geht durch die Klasse.

»Bis zur Pause ist Stillbeschäftigung«, sagt der Lehrer noch leiser als vorhin und setzt sich wieder an seinen Pult.

Karla schluckt den Patzen hinunter.

Die Kinder kramen in den Schultaschen und suchen nach den richtigen Lösungen im Physikbuch, daß die Blätter nur so schnalzen.

Der Lehrer schreibt die Stammbücher fertig und schaut Karla einmal so lange an, daß Karla zurückschauen muß, obwohl sie gar nicht will. Dabei kommt ihr vor, daß der Lehrer ganz sanft lächelt und kaum merklich mit dem Kopf nickt. Aber Karla lächelt nicht mehr zurück. Er kann sie doch nicht öffentlich bloßstellen und heimlich anlächeln.

Sie bleibt in der starren Haltung sitzen und beschäftigt sich justament nicht still.

Erst wie der Lehrer aus der Klasse geht, steht Karla langsam auf, schaut nicht nach links und rechts und holt ihr Stammbuch vom Lehrerpult.

Geschwind läßt sie es in der Schultasche verschwinden und will es erst lesen, wenn sie allein ist.

Karla fährt zur Stängerhütte. Dort stört sie niemand. Für die Hütte mitten auf dem Feld interessieren sich höchstens Wühlmäuse und Blindschleichen. Nur im Frühsommer holt der Nachbar die Stangen, um damit Futterharpfen zu bauen. Im Herbst bringt er sie wieder, damit sie nicht im Schnee verfaulen.

Einmal hat Karla heimlich Brot, hartgekochte Eier und eine Flasche voll Tee in die Hütte mitgenommen. Sie hat vorgehabt, eine Woche zu bleiben. Aus dem Wald hat sie Moos geholt und sich ein grünes Bett gebaut. Aber von den Würmern und Engerlingen im Moos hat ihr gegraust. Drum hat sie das Moos in die Plastiksäcke gesteckt, in denen der Kunstdünger verpackt gewesen war, den der Vater dem Mais beigibt. Karla hat die Säcke als Leintücher verwendet.

Gemütlich hat sie es hier, wenn sie sich in ihr Moosbett kuschelt in dem dunklen Raum, in den die Bretterritzen nur die Spitzen der Sonnenstrahlen hereinlassen.

Aber sobald es draußen dunkel wird und Karla nur mehr die Umrisse von ihren Armen und Beinen sehen kann, wird es ihr mulmig. Wenn auf einmal Irrlichter auftauchen und sie hinabziehen in die nächtliche Geisterwelt. Schon oft hat sie erzählen gehört, daß Lichter in der Nacht erscheinen, die sich niemand erklären kann. Wenn jemand so ein Licht sieht, stirbt bald darauf jemand in der Verwandtschaft.

Karla macht die Augen immer fest zu, sobald es dunkel ist, damit sie kein Irrlicht sehen kann. Die Oma und der Opa sind schon tot. Sie will nicht schuld sein, daß der Vater oder die Mutter stirbt, weil sie ein Irrlicht sieht.

Karla fürchtet sich aber auch vor den Geistern, die sie aus den Alpensagen kennt. Kein Mensch treibt sich in der Nacht in Stängerhütten herum, und auf Moos schlafen höchstens Zwerge, die sich die Würmer und Engerlinge aus dem Wurzelwerk des Bettes picken.

Karla fallen die Würmer ein, die sie als kleines Kind immer gehabt hat, weil sie mit den Hühnern und Schweinen gejausnet hat. Die Mutter hat sie immer gestampert und mit ihr geschimpft, wenn ihr Mund mit Gerstenbrei und Fischmehl verschmiert gewesen ist, aber geholfen hat es nichts. Wenn sie mit den Tieren kochen gespielt hat, ist sie auch zum Essen geblieben.

In Karlas Mist haben sich die Würmer gewunden, daß sie sich vor ihrem eigenen Haufen gefürchtet hat und weggelaufen ist. Sie hat es nicht aushalten können, daß in ihrem Körper Tiere leben und von ihr essen. Die Mutter hat ihr dann immer vom Wurmpulver gegeben, mit dem sie auch die Schweine entwurmt hat. Beim Klogehen hat Karla sich gar nicht mehr getraut hinzuschauen, weil sie sich gefürchtet hat, daß die ganze Wurst gespickt ist mit Würmern. Wenn sie davonkriechen wollen, steigt am Ende die ganze

Wurst auf die Holzbrille, klettert die Wand hinauf und über den Spülkasten beim Fenster hinaus.

Je mehr es finster geworden ist, umso genauer hat sich Karla vorgestellt, wie die Würmer aus dem Sack kriechen und ihr überall hineinsteigen, wenn sie schläft. Die Mutter hat ihr einmal erzählt, wie sie grad in einem Berg voll Maisschäler gesessen sind, daß einem Mädchen beim Maisschälen ein Ohrwurm hineingekrochen ist. In der Nacht, wie das Mädchen geschlafen hat, ist der Ohrwurm aufgewacht und hat den ganzen Kopf von dem Mädchen leergefressen.

Damals, wie die Mutter die Geschichte erzählt hat, war Karla noch klein, aber denken muß sie heute noch daran. Jeden Abend vor dem Einschlafen fährt sie mit dem kleinen Finger in die Ohrlöcher und schaut, ob irgendwelche Würmer drinnen sind.

Wenn die Mutter das Licht ausgedreht hat, macht Karla die Augen nicht mehr auf. Dann muß sie die Finsternis nicht sehen. Am Fenster könnte ein Irrlicht stehen und hereinleuchten. Wenn sie die Augen nicht aufmacht, kann sie das Irrlicht nicht sehen, und dann muß auch niemand sterben.

Es reicht ihr, wenn manchmal ein Waldkauz in den Hof kommt und ruft: »Komm mit. Komm mit!«

Dann kriecht Karla tief in die Decke und hält sich die Ohren zu. Die Mutter hat gesagt, das Käuzchen ist der Totenvogel, und bei dem Haus, bei dem er ruft, stirbt jemand in diesem Jahr. Die Mutter hat auch gesagt, daß sie den Totenvogel gehört hat, wie der Opa und die Oma gestorben sind.

Wenn es ganz finster geworden ist auf der Wiese, bekommt Karla solche Angst, daß sie rennt, wie wenn der Tod persönlich hinter ihr her wär.

Sie spürt ihn deutlich hinter sich, wie er keucht und schnauft, alles dransetzt, um sie einzuholen. Sie rennt und rennt, bis sie nur mehr ein dumpfes Pochen spürt. Und dann riecht sie ihn auch noch, wie er stinkt nach einem alten faulen Aas, wie der Rolf manchmal eines heimgebracht hat. Erst wie sie die Haustür hinter sich zugeschmissen und den Schlüssel zweimal umgedreht hat, bleibt sie stehen und schöpft Luft. Gerettet.

Sie hat das Irrlicht und den Kauz hinausgesperrt. Bevor sie aber richtig erleichtert sein kann, kommt die Mutter aus der Stube: »Da bist endlich. Hast dich wieder herumgetrieben im Finsteren.«

Karla kann der Mutter gar nicht antworten, weil sie die Luft zum Atemziehen braucht. Aber eine Antwort will die Mutter sowieso fast nie. Hauptsache, Karla ist zur Schlafenszeit daheim.

In der hellen Stube, wenn sie mit dem Vater und der Mutter Eierspeise mit Kernöl ißt, fürchtet sich Karla nimmer vor der Finsternis. Und wie sie zu schnuppern anfängt, weil sie den faulen Tod im Haus auch riecht, sagt ihr die Mutter, daß die Arbeitsmontur vom Vater stinkt, weil er den ganzen Tag Jauche ausgeführt hat. Karla ärgert sich, daß sie sich nicht getraut hat, in der Hütte zu bleiben.

»Aber morgen«, nimmt sie sich vor, »morgen bleib ich sicher dort!«

Diesmal hat sie es wirklich fest vor. Vorsichtig setzt sich Karla auf das Moosbett und bricht von der Bretterwand ein paar Späne heraus, damit sie mehr Licht hat.

Ihre Finger zittern, wie sie das Büchlein mit dem blauen Stoffeinband und der roten Borte aus der Schultasche zieht. Langsam, fast feierlich, blättert sie drin. Sie kann die meisten Sprüche auswendig. Auf den ersten Blick würde sie es sehen, wenn eine neue Seite beschrieben wäre. Den Manfred lassen alle Mädchen ins Stammbuch schreiben, weil er so lustige Sprüche hat. Bei Karla hat er hineingeschrieben:

Einst fuhr ich nach Amerika
zwischen Speck und Paprika
Wenn dich auch die Neger fressen
Werd ich dich nicht vergessen.

Daneben hat der Manfred ein großes Negergesicht gezeichnet, mit einem riesigen, offenen Mund, bei dem nur mehr Karlas Füße herausschauen.

Karla hat Neger nur im Fernsehen gesehen und einmal am Sonntag, in der Kirche. Das war ein Bischof aus Uganda. Er hat die Heilige Messe gelesen und von seinem Land erzählt. Wie er die Hostie in die Höhe gehalten und vom Leib Christi gesprochen hat, den er jetzt essen wird, hat Karla genau aufgepaßt, ob der Negerbischof besonders gierig dreinschaut, weil er bald den Herrn Jesus essen darf.

In Karlas Mund hat sich die Spucke nicht mehr schlucken lassen, und in ihrem Bauch hat es zu krachen angefangen, weil sie vor der Heiligen Kommunion nichts hat essen dürfen. Sie ist schon sehr hungrig gewesen und hat sich auf den

Herrn Jesus gefreut. Aber wenn der Negerbischof Menschen ißt, wird er vielleicht auch alle Hostien selber essen, weil da auch ein Mensch drinnen ist, nämlich der Herr Jesus.

Karla geht gern zur Kommunion, weil der Herr Jesus wie eine Eistüte schmeckt. Es tut ihr leid, daß sie ihn nicht zerbeißen darf, weil das dem Herrn Jesus wehtut. Drum bleibt er ihr oft am Gaumen kleben und die Zunge ist zu schwach, um ihn herunterzuholen. Wie wenn er sich wehren möcht, durch die enge Speiseröhre gedrückt zu werden, hält er sich mit Händen und Füßen am Gaumen fest. Zuerst hat sich Karla gedacht, wenn der Herr Jesus nicht hinunterwill in den Magen, will sie ihn nicht zwingen, weil er ja ein Gott ist und deshalb mächtiger als sie.

Später hat sie ihn daheim ganz vorsichtig mit einem stumpfen Zahnstocher aus der Mundhöhle gelöst und zu seiner Erholung hat sie ihn erst einmal auf einen Teller gelegt.

Verschrumpelt und angespeichelt ist er dagelegen und hat überhaupt nicht appetitlich ausgeschaut.

Karla hat die Katze nicht bemerkt, die auf der Fensterbank gesessen ist und gelauert hat, wie sie eine Untertasse mit einem feinen Goldrand holen gegangen ist, weil der Herr Jesus so unheilig ausgeschaut hat in dem groben Suppenteller mit den vielen Sprüngen.

Wie sie mit der Untertasse gekommen ist, hat sie gerade noch gesehen, wie die Katze einen Schnapper gemacht hat. Aber der Herr Jesus ist nicht mehr zu retten gewesen.

Dabei wollte er sich in den Katzenmagen noch weniger drücken lassen, und es war Karla sehr unangenehm, wie die

Katze mit der Pfote ans Maul gefahren ist und sich mit ihren spitzen Krallen vom Herrn Jesus erlösen hat wollen.

Karla hat sich vorgestellt, wie unangenehm dem Herrn Jesus das Würgen und Kratzen ist. Sie hat der Katze das Maul aufreißen wollen, aber das Luder hat gepfaucht und der Karla Gesicht und Hände zerkratzt, daß sie am eigenen Leib gespürt hat, wie sich der Herr Jesus fühlen muß.

Die Katze ist auf und davon und hat den Leib Christi weiß Gott wo ausgewürgt.

So ein Leiden hat Karla nicht noch einmal riskiert. Wenn ihr der Leib Christi wieder am Gaumen picken geblieben ist, hat sie ihn um Verzeihung gebeten für die Schmerzen und ihn lieber gleich mit dem Fingernagel heruntergekratzt und auf der Stelle geschluckt.

Karla hat im Religionsunterricht gelernt, daß ein Mensch an einem Tag nur einen einzigen Leib Christi zu sich nehmen darf. Ihr schmeckt er aber so gut, daß sie gleich eine ganze Schüssel voll Leiber essen könnte. Aber wenn die Leute ihn heressen würden wie panierte Schnitzel, müßte der Herr Jesus noch zehnmal soviel leiden, wie er für die Menschheit schon gelitten hat.

Auf jeden Fall war der Negerbischof aus Uganda kein größerer Menschenfresser wie die Leute im Dorf. Er hat nur eine einzige Hostie gegessen, und Karla hat große Furcht gehabt vor dem hohen schwarzen Herrn.

Noch ein Neger ist Karla untergekommen, obwohl das gar kein richtiger Neger ist. Die Melitta, aus dem Nachbardorf. Sie hat keine wulstigen Lippen und auch keine Haare wie

Spiralnudeln, aber irgendwie schaut sie doch anders aus wie die Kinder im Dorf. Sie hat eine viel dunklere Haut als Karla, die Haare sind pechschwarz und die Augen fast so groß wie Wagenräder.

Wie Karla einmal gefragt hat, warum die Melitta so schwarz ist, hat die Mutter gesagt, daß der liebe Gott sie hat anbrennen lassen. Er hat sie nicht rechtzeitig aus dem Backofen geholt, so wie die anderen Kinder. Und dann hat die Mutter noch gemeint: »Vielleicht war ein Zigeuner dabei!«

Karla kennt Zigeuner nur aus Kinderbüchern, und sie hat nicht verstanden, warum der liebe Gott einen Zigeuner braucht, damit die Kinder schwarz werden, die er bäckt.

Die Melitta hat nie mit den anderen Kindern gespielt. Sie hat immer nur zugeschaut beim Abtatscheln und beim »Vater-leih-mir-die-Schere«-Spiel. Weil sie immer nur dabeigestanden ist und geschaut hat, haben die Kinder manchmal gerufen: »Negerlein, kleines, schwarzes Negerlein. Geh in deine Stube heim.«

Meistens ist sie wirklich gegangen, und die Kinder haben gelacht, weil sie so brav gefolgt hat.

»Freue dich mit mir, es ist so traurig, sich allein zu freuen«, hat der Religionslehrer aus der Volksschulzeit ins Stammbuch geschrieben.

Das kommt ihr seltsam vor, weil sie nicht weiß, wie sie sich mit ihm freuen soll. Religion ist kein Gegenstand der Freude. Zeichnen oder Geschichte, wenn von Pharaonen und ihren schönen Frauen die Rede ist, die in Milch und Honig baden. Manchmal ist auch Deutsch schön, wenn ein

Aufsatz zu schreiben ist, am besten ein Phantasieaufsatz, und Karla sich ausdenken kann, was sie gern möchte. Aber Religion? Da wird nur gestritten und gekämpft, gelogen und gemordet. Und am Ende sind immer die anderen die Sieger. Das ist nicht zum Freuen. Was nützt es, wenn der Herr Jesus auferstanden ist und seinen Triumph doch nicht der ganzen Welt zeigt.

Wie sollen ihm die Feinde seinen Sieg glauben, wenn er sich vor der ganzen heidnischen Welt versteckt, obwohl er den Tod und das Leid besiegt hat. Der einzige Heide, von dem Karla weiß, daß er bekehrt worden ist, ist Josef Haydn. Als Dank hat er sogar eine Messe geschrieben. Jedes Jahr am Ostersonntag wird sie in der Kirche im Markt aufgeführt. Von der Musikkapelle. Die spielt dann keine Märsche, sondern tut sich schon etliche Wochen vor Ostern mit dem Kirchenchor zusammen und übt die Haydnmesse für das größte Fest im Kirchenjahr. Karla freut sich die ganze Fastenzeit auf den Ostersonntag. Zwar muß sie die ganze Messe lang stehen, weil so viele Leute kommen, daß der Stuhl, in dem sie mit der Mutter sonst sitzt, längst besetzt ist, aber sie hat so ein feierliches Gefühl bei dieser schweren Musik. Immer wieder wird es ihr warm im Magen, und sie vergißt fast, Luft zu holen vor lauter Hinhören.

Karla blättert vorsichtig weiter. Sie berührt das nächste Blatt kaum, so voll ist sie noch von dem Gedanken an die festliche Musik.

Ein leeres Blatt, dann wieder seitenweise bekannte Sprüche von Mitschülern. Es sind nur mehr wenige Blätter und noch immer keine Zeile vom Physiklehrer. Ihr wird der Kopf heiß. Bis zum letzten Blatt sind noch zwei Seiten. Auch das vorletzte ist leer. Karla traut sich kaum umblättern. Sie muß schlucken vor Aufregung. Am Ende hat er ihr doch was Persönliches geschrieben, obwohl er vor den anderen ekelhaft zu ihr gewesen ist. Das letzte Blatt. Aufs Kartonblatt hat er geschrieben. Karla kann es sehen, aber noch nicht lesen. Es steht soviel da. Sie macht die Augen zu und holt tief Luft. Auf die letzte Seite kann man nur einen ganz bestimmten Spruch hinschreiben. Wie gut, daß vorher niemand aufs letzte Blatt geschrieben hat, damit es frei geblieben ist, für ihn. »Ich schreibe dir aufs letzte Blatt, weil ich dich am liebsten hab.« Karla kann es nicht glauben. Sie drückt das Buch an die Brust, legt es feierlich hin und liest, was da mit einem dünnen Kuli leicht leserlich, fast wie in Kinderschrift, steht:

Auf das, was dir nicht werden kann,
sollst du den Blick nicht kehren.
Denn siehst du es genauer an,
du bist gewiß, du kannst's entbehren.
Dein Physiklehrer Horst Müller.

An diesem Tag bleibt Karla in der Hütte. Weil ihr alles gleich ist. Es ist ihr egal, ob Irrlichter und Käuzchen sie hinabziehen ins Totenreich. Das einzige, was sie locken könnte, wäre, der Gehilfe des Todes zu werden, um den Physiklehrer hinunterzuziehen in die Welt des Grauens.

Ununterbrochen schaut Karla auf die letzte Seite im

Stammbuch. Sie fährt mit den Fingern über das glatte Kartonblatt und möchte die Buchstaben begreifen. Sie sucht nach einer geheimen Mitteilung, nach einer versteckten Nachricht in der Berg- und Talfahrt der Schrift. Nach irgendwas, das ihr Hoffnung geben oder wenigstens Trost spenden könnte.

Auf einmal klatscht es in die Stille. Eine Raupe ist auf das Buch gefallen. Sie bleibt gekrümmt liegen. Karla stiert auf den hellgrünen, behaarten Wurm. Wenn sie ein Haar berührt, zieht er sich noch mehr zusammen, als wollte er sich in sich selbst zurückziehen vor lauter Peinlichkeit, grad hierher gefallen zu sein.

Der Wurm stellt sich tot und hofft, daß ihn Karla vergessen wird. Doch ihr ist es, als hätte sich der Lehrer selber in diese grausliche, dicke Raupe verwandelt, um dabeizusein, wenn Karla diese kränkenden Zeilen liest.

Er kann wohl nicht genug davon bekommen, sie leiden zu sehen. »Ein Schmetterling hättest du werden können«, sagt sie sich. »Überall hin wäre ich mit dir geflogen. Aber du willst mich nur blöd hinstellen. Ich werde dich auslöschen, bevor du noch mehr Unheil anrichtest!«

Auf einmal streckt und dehnt sich die Raupe und möchte auf ihren unzähligen Schwertern und Ringen davonrobben.

Aber so einfach macht es ihr Karla nicht. Wie sie sich am Rand des Papiers abrollen will, stellt ihr Karla den Zeigefinger in den Fluchtweg. Die Raupe sucht nach einer Ritze in dieser undurchdringlichen Mauer. Aber umsonst. Als letzten Ausweg bemüht sie sich, den dicken Körper an der Fingerkuppe hinaufzuziehen. Aber bevor sie den Grat erreicht, schleudert Karla sie mit einer heftigen Bewegung auf die Blattmitte zurück. Erstaunt bleibt sie liegen und drückt einen gelben Patzen aus ihrem Leib. Ganz zaghaft holt sie mit den Borsten Schwung und schiebt das Hinterteil beiläufig nach, um sich davonzuschleichen. Aber sie entgeht Karlas Rache nicht. Sie packt die Raupe mit Daumen und Zeigefinger und steckt sie mit dem Kopf voraus in den eigenen Schleim.

Damit hast du nicht gerechnet, denkt Karla schadenfroh. Jetzt, wo du merkst, daß du mir nicht entkommst, machst dich an vor Angst. Aber meine Geduld ist zu Ende.

Die Raupe rollt sich zu einem fetten Ring zusammen und erstarrt in dieser Stellung. Karla tunkt sie in den sauer riechenden, eiterfarbigen Schlatz wie ein Würstel in den Senf.

Die Soße breitet sich über das ganze Wort »entbehren« aus. Karla kann es in dem schlechten Licht gerade noch lesen, nein, spüren, weil sie den Spruch längst auswendig kann. Jedes einzelne Wort wandert in ihrem Kopf umher und will sich an die anderen Wörter anschließen. Soviel Erbitterung kommt in Karla auf, daß sie keine Luft mehr bekommt. Sie setzt den Finger an den Körper der zusammengerollten Raupe und drückt langsam in das weiche Fleisch. Zuerst gibt die biegsame Haut nach. Aber Karla drückt noch fester, bis sich die Härchen wie Säbel aufstellen zum Kampf. Karla hält einen Moment lang ein und drückt dann so fest, daß es knackt, wie wenn man die Fingerknochen geradebiegt. Die grüne Haut platzt auf, und eine dikke, weiße Masse quillt heraus. Karla holt tief Luft. Ihr ist es brennend heiß im Gesicht. Im Dämmerlicht kann sie die verschmierten Finger gerade noch anschauen, wenn sie die Hand vor die Augen hält.

Die Raupe windet und schlängelt sich. Sie will ihren Kopf retten und versucht, ihr Vorderteil, das noch unbeschädigt ist, aus dem eigenen, klebrigen Körperschlamm zu ziehen. Aber der ausgetretene Körper klebt an ihr wie zäher Leim.

Karla hat kein Erbarmen. Wie einen schweren Stein läßt sie den Finger auf den Kopf der Raupe niedersausen und zermalmt ihn. Leise knackt und matscht es. Karla hört es gern, und sie macht die Augen zu, um den Körper der Raupe noch besser zu spüren. In der zähen Masse ist etwas Hartes, Knorpeliges. Das ist bestimmt der Schmetterling, den sie da spürt. Vielleicht sind es die Flügel, die sie zerreibt. Sie verschmiert den stockenden Matsch auf der ganzen Seite.

Langsam trocknet der Raupenkörper und wird unansehnlich braun. Jetzt sieht die Seite aus wie eine vergilbte Handschrift. Karla kommt es vor, als wäre dieses Blatt schon vor langer Zeit beschrieben worden, und sie schaut auf etwas, das schon Jahre zurückliegt.

Jetzt, wo sie erschöpft dasitzt auf ihrem Moosbett, in der Dunkelheit, wo sie keinen Unterschied mehr sieht zwischen der Nacht und der Hand vor den Augen, ist ihr, als wäre viel Zeit vergangen. Als hätte sie ihr ganzes Leben mit der Schule und den Eltern nur einen Moment lang geträumt.

Sie gehört hierher, in die Stängerhütte, wo niemand sie stört. Was hat sie mit der anderen Karla zu schaffen, die in den Physiklehrer verliebt ist? Was geht sie dieses Bauernmädchen überhaupt an, das mehr sein möchte als ein gewöhnliches Kind? Sie gehört nicht mehr dazu. Karla schöpft tief Luft, klappt das Buch zusammen und legt es entschlossen auf die Seite.

Jetzt findet sie es angenehm in der Stille, in der Finsternis. Sie hat keine Angst. Nicht vor den Geistern und auch nicht vorm Tod. Sie hat sich noch nie so glücklich gefühlt wie hier und jetzt in der Einsamkeit. Hier darf sie alles denken, alles darf sie sich vorstellen, niemand schafft ihr was an. Sie ist auf einmal so zufrieden mit sich selber, daß sie sich nicht rühren traut, aus Angst, es könnte vergehen. Sie holt nur ganz eben Luft und will auch nicht denken, weil ihr alles wieder einfallen könnt.

»Karla, Karla«, klingt es von ganz weit weg. Für einen Moment glaubt sie, es ist der Totenvogel, der nach ihr ruft. Aber wie sie genau hinhört, meint sie die Stimme zu kennen. Nach einigem Hin- und Herüberlegen muß sie sich eingestehen, daß es die Mutter ist, die nach ihr schreit. Zuerst will Karla nicht antworten. Sollen sich die Eltern nur einmal ordentlich um sie sorgen. Doch wie die Stimme näher kommt, fürchtet sie, ihr Versteck könnte entdeckt werden. Was hat Karla dann noch? Wohin soll sie sich zurückziehen, wenn sie allein sein möchte?

Karla will der Mutter entgegenkommen. Aber nur, damit sie ihr Versteck nicht verraten muß.

»Auf Wiedersehen Ihr Bretter und Ritzen, servus du Moos und du Plastiksack, habt eine gute Nacht!«

Sie geht hinaus vor die Hütte und schiebt den Holzriegel vor. Ein kühler Lufthauch fährt ihr in den Nacken. Die große Esche ist der einzige Baum auf der Wiese, extra angesetzt zum Schattenspenden beim Heuen. Er schaudert mit ihr. Das Rasseln der Blätter vermischt sich mit dem Knirschen der Fahrradkette, wie Karla auf dem unebenen Feldweg heimwärtsradelt, immer auf die Stimme der Mutter zu.

Karlas Augen gewöhnen sich an die Dunkelheit. Sie fürchtet sich vor nichts und niemandem und schaltet nicht einmal das Licht ein. Die Schultasche hüpft auf dem Gepäckträger, wie wenn sie sich freuen würde, daß wieder Bewegung ins Leben kommt.

Karla macht einen Umweg, fährt von der Straße her auf den Hof zu, damit sich niemand denken kann, wo sie war.

»Da bin ich«, ruft Karla, wie sie die Stimme der Mutter jetzt weiter weg hört.

Da fängt der Vater auch noch irgendwo zu rufen an. Karla wiederholt in einem leiernden Tonfall: »Da bin ich ja. Da bin ich ja.«

Sie trällert so spielerisch wie damals, wie sie beim Nachbarn geholfen hat, den Silo festzutreten. Die Eltern wollten aber nicht, daß Karla in den Silo geht, wegen der Gärgase. Sie haben gerufen, daß sie heimkommen soll, aber ihr hat es gefallen, mit dem Manfred und dem Franzi im feuchten Gemisch aus Mais und Gras herumzustampfen. Karla hat in einem fort nur gesungen: »Mami. Ich hör dich nicht. Ich hör dich nicht!«

Karla muß lächeln, weil sie sich mag, wenn sie an die Karla von damals denkt. Auf einmal schreckt sie sich. Im Hof brennt nur eine schwache Glühbirne. In dem spärlichen Licht steht ein Gespenst mit einem Irrlicht in der Hand. Karla wird es fast schwarz vor den Augen vor Schreck. Erst wie das Gespenst sagt: »Da ist sie ja«, bekommt Karla wieder Luft. Es ist die Mutter. Wie ein Geist sieht sie aus mit ihrem Kopftuch, das sie bis über die Wangen ins Gesicht gezogen hat. Die Nasenspitze fährt wie ein Messer aus dem Gesicht, weil sich der Schatten hineinschneidet und weil das Licht von ihrer Taschenlampe nur mehr ein winziger heller Punkt ist, sieht es wie ein Irrlicht aus.

Karla ist die Mutter ganz fremd, und sie schaut, wie die Mutter sie die längste Zeit anstarrt.

Auf einmal kommen von allen Seiten Leute. Die dünne Anni, die Eltern vom Manfred und vom Franzi. Sogar der dicke Toni tuckert mit seinem Traktor in den Hof herein. Sie stellen sich um Karla auf und schauen sie an wie ein Kalb, das nur mit drei Haxen auf die Welt gekommen ist.

Nur der Vater drückt die Karla so fest an sich, daß sie keine Luft bekommt. Aber sie traut sich nicht, zwischen ihrer abgedrückten Lunge und dem Vater Platz zu machen, weil er denken könnt, sie freut sich nicht über seine Freude, die Tochter wiederzuhaben.

Karla rechnet damit, daß sie im nächsten Moment tot umfällt oder zumindest in eine tiefe Ohnmacht sinkt, was gar nicht so schlecht wär. Dann würd sie es sich ersparen, allen Dorfleuten zu erzählen, wo sie war, bis spät in die Nacht hinein.

Der Vater läßt sie los, bevor sie stirbt, und die Mutter kann sowieso nicht zudrücken. Sie hat es nie können, Karla richtig angreifen und gernhaben. Ihre Busseln sind immer kalt gewesen, weil sie so dünne Lippen hat, und mit denen hat sie Karla höchstens auf die Wange gespitzt, und da nur zum Geburtstag oder zu Weihnachten. Weil Karla der Mutter auch lieber die Wange hinhält als den Mund, krachen meist schon die Backenknochen zusammen, noch bevor sie mit den Lippen die Haut berühren.

Die Mutter ist eine reinliche Frau, die sich jeden Tag den Hals und die Ohren wäscht. Karla schrubbt sich aber immer nur den Grind von den Ellbogen. Der Mutter graust immer ein bißchen vor Karla, weil sie sich von den Kälbern und Schweinen das Gesicht ablecken läßt. Wenn die Mutter denkt, was die Schweine alles fressen. Wirklich alles fressen sie.

Früher, wie der Hund noch gelebt hat, ist es noch ärger gewesen. Der hat zuerst seinen Hintern sauber geleckt und dann Karlas Gesicht. Die Mutter ist zornig geworden, weil die Karla so ein Schwein ist und es ihr auch noch gefallen hat. Da ist sie gleich mit dem Besen gekommen und hat beide hinausgestampert, die Karla und den Rolf, weil es ihr so gegraust hat vor den zwei Saubarteln.

Wenn der Rolf bei ihr nicht hat bleiben dürfen, ist Karla mit zu ihm gegangen. Oft ist sie, wenn es kalt war, den ganzen Nachmittag mit dem Rolf in der Hundehütte gesessen. Sie haben sich fest aneinandergekuschelt, und Karla hat ihm ihre Lieblingslieder vom Karel Gott vorgesungen, und der Rolf hat mitgeheult.

Jetzt stehen die Dorfleute im Kreis und warten neugierig, was Karla erzählen wird. Soll sie ihnen sagen, daß sie in der Stängerhütte war und mit dem Physiklehrer abgerechnet hat?

»Den ganzen Abend haben wir dich gesucht«, sagt die Mutter vom Manfred und vom Franzi.

Karla kann die Eltern nicht blamieren, wo sie das ganze Dorf auf die Füße gestellt haben.

Sie erfindet eine Geschichte von bösen Buben, die sie mitsamt ihrem Fahrrad unter die Brücke bei der Mühle gezerrt haben. Wie sie von der Schule heimgefahren ist, haben sie Karla aufgehalten. Ein Bub hat sich den Bauch gehalten und so getan, wie wenn er arge Schmerzen hätt, und der andere hat gesagt, er braucht ihr Rad, damit er schnell die Rettung holen kann.

Wie Karla stehengeblieben ist und sofort ihr Fahrrad hingehalten hat, ist es dem einen Buben auf einmal gar nicht mehr schlecht gegangen. Er hat ihr die Hände auf den Rücken gedreht und Karla unter die Brücke bugsiert. Dort haben die Kerle sie gefesselt und ihre Schultasche durchsucht. Wie sie nichts gefunden haben, außer Schulsachen und ein angebissenes Leberstreichbrot, haben die Halunken das Brot aufgegessen und Karla als Geisel festgehalten. Sie wollten Lösegeld. Das haben sie im Fernsehen gesehen, dort macht man es auch so. Wie am Abend noch immer niemand mit dem Lösegeld vorbeigekommen ist, haben sie sich gefürchtet in der Dunkelheit und Karla schließlich freigelassen.

»Haben sie dir was getan«, will der Vater wissen und umarmt Karla immer wieder. Sie schmiegt sich ganz fest an ihn, weil die Dorfleute so komisch schauen.

Der Vater glaubt ihr. Zumindest jetzt, wo er sich freut, die Karla wiederzuhaben.

»Geh, du erzählst ja Märchen.« Der Schelm Toni schaut Karla spöttisch an. »Wer wird denn für dich ein Lösegeld verlangen. Weiß doch jeder, daß ihr nicht viel habt!«

»Hättest ja was dazulegen können, wenn du's dicker hast wie wir«, sagt die Mutter so spitz, daß alle auf sie schauen.

»Wer waren die Buben?« fragt der Vater vom Franzi und vom Manfred.

Karla zuckt mit den Schultern. Der Nachbar, der sie sonst gar nicht leiden kann, sieht sie so offen und ehrlich an, daß Karla spürt, er glaubt ihr am meisten.

»Es muß aber doch merkwürdige Leute geben, die sich bei uns herumtreiben«, sagt er. »In der Stängerhütte liegen Säkke voll Moos. Ich glaube, da übernachtet manchmal jemand drinnen.«

Karla zuckt zusammen. Der Vater merkt es und umarmt sie noch fester.

»Mußt keine Angst haben, Karla. Wir erwischen die Lumpen schon!«

Karla lächelt vorsichtig und betet im Stillen, daß sie niemand erwischen. Immer wieder fragt der Vater nach, ob Karla die Burschen vielleicht doch erkannt hat. Wer weiß, vielleicht haben sie ihr gedroht, daß sie was anstellen mit ihr, wenn sie sagt, wer sie waren.

Die Dorfleute gehen mit Karla noch in der Nacht zur Brücke. Mit Taschenlampen und den Scheinwerfern vom Toni seinem Traktor suchen sie nach den Spuren der Täter. Der Bach murmelt vor sich hin. Aber es liegt nichts herum außer ein paar Zuckerlpapierln.

»Wenn Ihr mich fragt, ich glaub die Geschichte einfach

nicht«, sagt der Toni. Karla schaut ihn feindselig an, aber sie traut sich nichts dagegenzureden. Sonst erzählt der Toni noch die Geschichte, wie er den Manfred und sie erwischt hat unter der Brücke.

Der Vater vom Franzi und vom Manfred möchte unbedingt noch zur Stängerhütte, weil er vermutet, daß die Schlitzohren dort übernachten.

Wie bei einer Wallfahrt pilgern die Dorfleute in der finsteren Nacht zur Stängerhütte, die für Karla wirklich so was wie ein heiliger Ort ist. Der Toni tuckert mit seinem Traktor hintennach, weil er beim Gehen so schnell ins Schnaufen kommt. Außerdem ist es für die anderen praktisch, weil er ihnen mit dem Traktorlicht den Weg ausleuchtet.

Karla ist es unangenehm, wie der Nachbar den Riegel auf die Seite schiebt und einfach hineingeht in die Hütte. Er greift nach den Moossäcken und reißt das dürre Geflecht aus dem Plastik, wie wenn er die Landstreicher in den Säkken finden würd. Die braunen Flechten reibt er zwischen den Fingern, bis sie sich in Flocken und Brösel teilen und auf den Boden schneien.

»Die Düngersäcke haben sie bei uns gestohlen«, meint er trocken und leert das ganze Moos auf den Boden. Die Säcke streift er glatt und legt sie ordentlich zusammen.

Wie wenn er grad diese Säcke brauchen würd, denkt sich Karla und schluckt die Wut hinunter. Daheim verbrennt er sie dann, daß es im ganzen Dorf nach geschmolzenem Plastik stinkt.

Karla sticht es ins Herz. Die Dorfleute trampeln auf dem Moos herum, wie wenn sie es nicht mühselig eingesammelt hätte. Polster für Polster hat Karla den Wald abgemoost und auf ihrem Rad in die Hütte transportiert. Und die Düngersäcke gehören gar nicht dem Nachbarn. Karla hat sie von zu Hause.

Die Mutter findet auf den wenigen Stängern, die den Sommer über in der Hütte geblieben sind, zwei alte Eier und ein Stück hartes Brot.

Auf einmal wird sie ganz aufgeregt, riecht an dem Brot, drückt es immer wieder mit Daumen und Zeigefinger ab und fuchtelt damit herum.

»Unser Brot«, kreischt sie überspannt, »sie haben bei uns Brot gestohlen, diese Halunken. Werd mein Brot nicht kennen, hab es doch selber gebacken!«

»Und die Eier?« fragt der Vater vom Franzi und vom Manfred. Er lacht die Mutter aus. »Hast du die Eier auch selber gelegt?«

Da fangen alle zu lachen an, und auch Karla muß in sich hineingrinsen.

Die Mutter wird ganz ruhig, greift nach dem einen Ei, hält es ans Ohr und schüttelt es. Dann schaut sie es genau an und drückt es dem Vater vom Franzi und vom Manfred in die Hand.

»Nein, ich glaub, die sind von deiner Frau!«

Jetzt lacht die Mutter hell auf, und der Vater vom Franzi und vom Manfred weiß nicht recht, ob er sich ärgern oder mitlachen soll. Da fängt sich der Franzi zu spreizen an, hüpft, flattert mit den Armen und gackert laut.

»Ich war's«, schreit er unterm Gackern, »ich hab das Ei gelegt.«

Der Franzi will gar nimmer aufhören mit dem Herumhüpfen und gellen, so daß es den Leuten zu dumm wird. Sie sind ein bißchen enttäuscht, daß sie keine interessanteren Spuren gefunden haben.

Karla ist erleichtert und schöpft ordentlich Luft.

Die Leute gehen wieder, und Karla schaut wehmütig auf ihre Hütte zurück, die durch diese öffentliche Begehung viel von ihrem Geheimnis verloren hat.

»Ich werd ein Schloß montieren, damit niemand mehr in die Hütte kann. Dann ist hoffentlich Ruh«, sagt der Vater vom Franzi und vom Manfred, wie die Leute grad auf der Höhe von der Esche sind, wo das Windspiel mit den Blättern besonders schön klingt.

In der Früh, nach dem Viehfüttern, fährt der Vater mit seinem Motorroller in den Markt und macht eine Anzeige bei der Gendarmerie. Der Gendarm sagt dem Vater, daß er Karla untersuchen lassen soll. Vielleicht ist ihr was passiert. Sonst ist es schwer nachzuweisen, ob es stimmt, was Karla erzählt hat. Die Gendarmerie braucht auf jeden Fall einen Beweis, um den Tatbestand aufzunehmen.

Obwohl Karla dem Vater schon hundertmal gesagt hat, daß ihr die Buben nichts getan haben, geht er mit ihr zum Arzt. Damit er nicht den ganzen Vormittag warten muß, weil die Patienten, die jeden Tag eine Spritze bekommen, vorgehen dürfen, erzählt er der Frau Doktor im Vorzimmer die ganze Geschichte. Dabei drückt er Karla fest an sich, wie wenn er sie immer noch vor den Kerlen schützen müßt.

Die Frau Doktor hat einen Mund wie ein Kopftuch. An

den Lippenrändern läuft die rote Farbe in die vielen kleinen Mundfalten aus und verfranst. Die Frau Doktor teilt ein, wer als nächstes zum Herrn Doktor in die Ordination darf. Wie sie Karla anlächelt und ihr sagt, daß sie als nächste drankommt, sind sogar die Zähne von der Frau Doktor rot von der dicken Lippenfarbe.

Der Herr Doktor ist sehr freundlich zu Karla. Obwohl das Wartezimmer voll ist mit alten Leuten und Frauen, die kleine Kinder mithaben, nimmt er sich viel Zeit. Karla muß sich ganz ausziehen, so gründlich untersucht er sie.

Wo sie die blauen Flecken auf dem Rücken herhat, will der Doktor wissen.

»Die sind nur von der Mutter ihrem Besen«, stellt Karla von vornherein klar.

Aber so schnell gibt sich der Arzt nicht zufrieden. Er untersucht sie auch dort, wo der Schelm Toni nachgeschaut hat, ob alles in Ordnung ist. Der Doktor gibt keine Ruh, er möcht unbedingt wissen, was dort passiert ist, ob sie sich dort einmal weh getan hat.

Karla versteht nicht, was dort alle finden wollen. Freilich hat es weh getan, wie der Toni mit seinem Finger nachgeschaut hat, aber wie der Doktor jetzt mit seinem medizinischen Schuhlöffel und dem Schürhaken an ihr herumkratzt, findet sie auch nicht angenehm.

Karla ist es peinlich, die Geschichte mit dem Toni zu erzählen, weil der Herr Doktor dann bestimmt wissen will, warum der Toni unbedingt hat nachschauen wollen. Dann müßte sie auch vom Manfred und von ihr was sagen und daß der Toni sie beim gegenseitigen Anschauen erwischt hat.

Damit der Doktor nichts mehr nachfragen kann, beißt Karla die Zähne fest zusammen und sagt überhaupt nichts mehr.

Nachher redet der Doktor sehr ernst mit dem Vater: »Eine frische Verletzung habe ich nicht feststellen können, aber das Hymen ist angerissen. Das muß aber schon länger her sein.«

Der Doktor wird ganz vertraulich mit dem Vater und tuschelt mit ihm. Karla tut, als würde sie sich überhaupt nicht dafür interessieren, was die zwei reden. Aber in Wirklichkeit hört sie scharf zu, was der Doktor dem Vater erzählt: »Für eine Vergewaltigung ist die Verletzung zu gering, aber Sie sollten Ihre Tochter trotzdem fragen, was da war!«

Karla weiß nicht genau, was eine Vergewaltigung ist. Sie nimmt an, daß es irgendwas mit einem Amt zu tun hat, weil sie gelernt hat, daß die Ämter verwalten. Vielleicht muß sie jetzt auf ein Amt, nach der Untersuchung und sich dort vergewaltigen lassen, damit der Beamte sie nachher in ein Buch einschreiben kann.

Aber der Vater geht nirgends mehr hin mit ihr. Nicht einmal in die Schule muß sie nach der Untersuchung. Das findet sie am Anfang recht angenehm, doch wie der Vater unbedingt wissen will, wer an ihr herumgetan hat, wär es ihr lieber, sie hätt in die Schule gehen müssen. Langsam hat Karla genug von dem Wirbel, nur weil sie einmal eine Räubersgeschichte erzählt hat.

Die Mutter sagt kein Wort, wie der Vater erzählt, was der Doktor festgestellt hat. Nur ihre Lippen zieht sie noch ein Stück weiter hinein in den Mund.

»Hast du die Buben früher schon einmal getroffen?« fragt der Vater wieder und wieder. Karla schüttelt in einem fort den Kopf.

»Wer hat dann an dir herumgegriffen?« fragt er noch einmal. Karla beutelt den Kopf, daß es das Hirn nur so hin und herschmeißt. Ihr wird ganz schwindlig dabei. Sie macht die Augen zu und dreht den Kopf hin und her wie der Quirler bei der halbautomatischen Waschmaschine.

Auf einmal spürt sie einen Klatsch auf der Wange. Noch bevor sie den Kopf vor Überraschung ausgeschüttelt hat, klatscht es ordentlich auf die andere Wange, daß es nur so brennt.

»Hör auf mit der Beutlerei und sag, wer es war!« Der Vater ist rot im Gesicht vom Schreien.

Die Mutter tut, wie wenn es ihr nichts angehen würd. Sie schlurft mit ihren selbstgenähten Patschen beim Herd herum, die Lippen hat sie zugezogen wie einen Reißverschluß und kocht.

Langsam steigt in Karla die Wut auf. Zuerst ärgert sie sich nur, daß sie grad jetzt Watschen bekommt, wo sie überhaupt nichts angestellt hat. Dabei war der Vater vorher noch so lieb zu ihr und hat sie angeschaut, wie wenn er nie ein grobes Wort zu ihr gesagt hätt. Jetzt ist sie aber mindestens so zornig wie der Vater, und sie weiß nicht, ob ihr das Gesicht von den Watschen brennt oder weil sie vor lauter Zorn kocht. Ihr ist alles gleich, die ganze Manfred- und die Tonigeschichte. Sie schreit den Vater an: »Der Schelm Toni war's, wenn du es wissen willst!«

Die Mutter hört kurz auf mit dem Salzen der geselchten

Suppe. Sie schaut einen Moment zu Karla und läßt weiter die weißen Körner durch die rissigen Finger rieseln.

Der Vater wird weiß im Gesicht, schaut Karla an, als würd er ihr nicht glauben, und fragt heiser: »Wer?«

Karla sagt nichts mehr. Sie weiß genau, daß der Vater verstanden hat. Sie schaut absichtlich bockig drein.

Der Vater schaut die Mutter an und wartet, daß sie auch was dazu sagt. Aber die Mutter stellt das Kraut auf die Herdmitte, daß es zischt und dampft und die Mutter ganz eingenebelt ist vom Krautdunst.

Karla schaut am Vater vorbei, wie wenn er nicht da wär, und wenn er sein Gesicht vor ihre Augen hält, schaut sie einfach durch ihn hindurch.

»Du verlogenes Luder«, sagt er gefährlich leise. »Nur weil dir der Toni die Geschichte mit den Buben nicht glaubt. Einen Nachbarn anschwärzen. Hat selber zwei Kinder, da wird er grad auf dich neugierig sein.«

Was hilft es, daß der Vater den Namen aus ihr herausgewatscht hat? Hätt er sie in Ruhe gelassen, wär er nie draufgekommen und hätt jetzt auch seine Ruh. Karla hat nie was anderes wollen als ihren Frieden.

Auf einmal saust die Faust vom Vater an Karlas Augen vorbei und fährt auf den Tisch nieder, daß es kracht wie beim Zielschießen.

Sogar die Mutter zuckt zusammen und hört auf, die Erdäpfel ins Kraut zu schneiden.

»Sag sofort, daß es erstunken und erlogen ist.«

Jetzt werden ihm die Augen auch noch rot vor lauter Schreien.

Karla dreht den Kopf weg vom Vater. Sie schaut auf die Lache auf dem Tisch, die sich um den Mostkrug ausgebreitet hat.

»Und wenn es wirklich der Toni war«, hört Karla die Mutter ganz ruhig sagen.

Karla schaut verwundert auf die Mutter, die grad mit einer großen Gabel das Geselchte aus der Suppe fischt und auf einem Holzbrett in dicke Scheiben schneidet. Auf dem Herd zischt es in gleichmäßigen Abständen, weil der Dunst als dicker Tropfen vom Hafendeckel auf die heiße Herdplatte sackt.

Der Vater schaut die Mutter scharf an und schüttelt für sich den Kopf: »Der Toni kann es gar nicht gewesen sein. Der wird doch nicht sowas. Und wenn? Warum grad mit der Karla?«

»Nicht nur mit der Karla.« Die Mutter macht kurz ihren Reißverschluß im Gesicht auf. »Frag nur einmal die Hermi oder die Anni.«

Der Vater schaut nachdenklich drein. Das ist gut. Wenn er denkt, kann er nicht schlagen. Weil ihm das zuviel ist, gleichzeitig. Er setzt sich zu Karla an den Tisch und stützt den schweren Kopf mit der groben Hand. Komisch sieht er drein. Der Vater läßt das Gesicht immer hängen, wenn er denkt. Weil ihm das Überlegen soviel Kraft kostet, daß ihm fürs gescheite Schauen keine mehr bleibt.

»Du glaubst wirklich, daß der Toni bei unserer Karla?«

Der Vater hofft noch immer, daß es die Mutter für eine Spinnerei von der Karla hält.

Gradlinig schneidet die Mutter das Selchfleisch auf. »Ich

hab genug Geschichten gehört, daß ich es glauben kann.«

»Aber ich kann den Toni doch nicht anzeigen. Einen Nachbarn. Wegen so was!«

Karla hört genau zu. Sie schaut die Mutter an. Die Mutter würd den Toni ganz gern anzeigen, denkt Karla. Weil die Mutter ist die einzige im Dorf, auf die sich der Toni nicht draufgelegt hat. Das wird sie ihm nie verzeihen.

Karla holt ordentlich Luft und denkt nach. Was der Toni mit ihr unter der Brücke gemacht hat, ist also genauso verboten wie das, was sie mit dem Manfred gemacht hat. Man kann den Toni sogar bei der Gendarmerie anzeigen deswegen. Ihr kann er nimmer drohen. Sie muß ihn also nie mehr nachschauen lassen, ob alles in Ordnung ist. Wenn er ihr die Lausbubengeschichte nicht glaubt, wird sie ihm sagen, daß sie alles dem Vater erzählt hat und daß er ihn anzeigen wird bei der Gendarmerie.

Zu Mittag stochert Karla gar nicht im Essen herum. Sie ißt eine ganze Scheibe Geselchtes, aus lauter Dankbarkeit für die Mutter. Sie hat der Karla geglaubt und der ganzen Fragerei ein Ende gemacht. Der Vater ist noch ein bißchen grantig auf Karla, weil sie doch nicht ein so verlogenes Luder ist, wie er geglaubt hat.

Am nächsten Tag fährt Karla nach der Schule wieder zur Brücke. Sie stellt das Fahrrad gut sichtbar am Brückengeländer ab. Da kann der Toni sofort sehen, daß sie da ist, wenn er mit seinem Traktor vorbeikommt.

Karla hockt sich auf die schiefen Steinplatten unter der Brücke und sieht dem Wasser beim Laufen und Stolpern zu.

Wie es sich an den Steinhaufen vorbeiwindet, an der Absperrung aus angeschwemmten Ästen und Lehmklumpen untertaucht und sich dem Bachbett entlangzwängt.

Warum ruht sich das Wasser im Bach nie aus, fragt sich Karla. Wo es so ein schönes Bett hat. Erst im See oder im Meer legt es sich schlafen, wenn der Wind sich niedergelegt hat.

Es wird auch nicht müde vom vielen Fließen. Sie muß gähnen, weil sie allein schon vom Ins-Wasser-Schauen müde geworden ist.

Auf einmal kommt das Wasser nicht mehr durchsichtig klar, sondern hellrot wie ein Kracherl daher. Karla fährt zusammen. Sie glaubt, sie sieht nicht richtig und ist wieder munter. Das Wasser wird immer röter und dicker, bis sich eine zähe, dunkelrote Blutlache an Karla vorbeischiebt. Der Manfred hat ihr einmal erzählt, daß er es gesehen hat. Karla hat es selber noch nicht erlebt.

Das Gurgeln erstickt beim Untertauchen, und die Blutsuppe ringt nach Luft, wie sie sich durch das Gestrüpp zwängt.

Es kommen einzelne Schweinsklauen, Rüssel und Ohren nach und verfangen sich in der Absperrung. Dort tänzeln sie im eigenen Blut und verkeilen sich in der Sperre, sodaß der Schwemmdamm noch höher wird. Auch Augen und Därme treibt es daher. Sie hüpfen aufgeregt im Wasser, wie wenn sie sich vom übrigen Schwein davongemacht hätten, um endlich ihr eigenes Leben zu führen.

Karla weiß, daß die Abfälle vom Schlachthof kommen. Dort werden auch ihre Schweine abgestochen, wenn der

Sauhändler mit dem Lastwagen kommt. Karla zieht Schuhe und Strümpfe aus. Vorsichtig taucht sie den großen Zehen in die Blutsuppe. Ein bißchen graust ihr, aber dann steigt sie doch mit beiden Füßen ins Wasser. Sie ist von Schweinsaugen, Rüsseln und Klauen eingekreist.

Karla fischt alles aus dem Wasser und bringt es ans Land. Vorsichtig legt sie eine Handvoll Augen auf die Steinplatte. Wie sie auch noch einige Rüssel und Ohren im Trockenen hat, stellt sie Schweinsgesichter zusammen. Dankbar sehen sie Karla an, weil sie die Säue noch einmal zum Leben erweckt hat.

Sie ist so vertieft in ihre Rettungsarbeit, daß sie den tukkernden Traktor erst hört, wie er oben auf der Straße zum Stehen kommt und mit einem tiefen Seufzer ausschnauft.

Immer mehr Schweinsstücke werden angeschwemmt, daß Karla mit dem Retten gar nicht nachkommt. Sie rauft sich die Haare und ist verzweifelt. Sie weiß sich nicht mehr zu helfen, in der Schwemme von lauter toten Tiergesichtern. Der Bach ist zu einem einzigen Sautrog geworden, der alle Tiere wäscht und schwemmt, die man hineinwirft.

»Hören die gar nimmer auf mit dem Abstechen?« fragt Karla die tanzenden Schweinsrüssel, wie wenn sie eine Antwort wüßten. Stattdessen gibt der Toni Antwort. Er steht auf der anderen Bachseite und schaut Karla zu.

»Dir graust wohl vor gar nichts. Nicht einmal vor Saublut«, schreit er Karla an und beutelt sich ab. Er zeigt ihr, wie sehr es ihn ekelt, weil es Karla vor gar nichts graust.

Karla starrt den Toni an. Sie hat ganz auf ihn vergessen gehabt. Jetzt spürt sie das kalte Wasser, wie es in die Beine hineinnagelt. Sie kann sich gar nicht rühren, so weh tut es. In einem fort schaut sie den Toni an, der rot wird im Gesicht, so rot wie das Saublut. Die Spucke spritzt ihm aus dem Gesicht wie das Wasser aus einem Schlauch, wenn er redet.

»Auf wen wartest du schon wieder? Auf die Räubersbuben? Oder auf den Manfred? Willst wieder Sauereien machen mit ihm?«

Warum redet der Toni immer von Sauereien?

Hat *sie* die Schweine abgestochen und in den Bach gehaut? Jetzt spürt sie ihre Beine nicht mehr. Sie hebt den kurzen Rock bis über die Hüften hinauf und watet auf den Toni zu. Sie hat keine Angst mehr vor ihm. Er hat die Hände in den Hosentaschen von seiner blauen Montur und steht breitbeinig da. Wie denn sonst, bei dem vielen Fett auf den Schenkeln. Der Bauch hat das Hemd gesprengt und läßt die Wampe herausquellen wie die Watte bei einer zerrissenen Steppdecke.

Erst im Trockenen fangen Karlas Beine wieder zum Pulsieren an. Langsam kriecht die Wärme hinein und massiert die eingefrorenen Adern, bis ihr ganz heiß wird.

Vom Toni läßt sie sich nichts mehr gefallen. Sie verschränkt die Arme und schaut ihm fest in die Augen.

»Ich mach keine Sauereien«, sagt sie ernst, »von mir aus wär alles sauber!«

»So«, fragt der Toni, »und was war damals mit dem Manfred?«

»Was soll gewesen sein? Nachgeschaut haben wir, was der Unterschied ist zwischen einem Buben und einem Mädel.«

»Und was noch?«

Karla versteht nicht, sieht den Toni fragend an.

»Was schaust denn so«, fragt der Toni weiter, »willst mir vorspielen, du weißt noch von nichts?«

Karla überlegt, was der Toni meinen könnte. Was sollte sie wissen? Sie will auf keinen Fall zugeben, daß sie nicht weiß, was er meint. Jetzt, wo sie keine Angst mehr vor ihm hat, will sie sowieso nichts mehr zugeben.

Fest schüttelt Karla den Kopf: »Nein, nein. Ich weiß eh!«

»Was weißt eh«, fragt der Toni sofort nach.

»Na das halt.«

»Na was halt«, bohrt er weiter.

Karla steigt von einem Bein auf das andere. Es ist ihr unangenehm, daß der Toni wieder einmal mehr weiß wie sie und deshalb so geheimnisvoll tun kann. Es wird ihr heiß im Kopf, und damit der Toni nicht sieht, wie rot sie wird, schaut sie zu Boden. Sie ärgert sich. Über sich selber. Grad war sie noch so weit, dem Toni alles ins Gesicht zu sagen, und schon hat er sie wieder hinuntergedrückt mit seiner Geheimnistuerei. Auf einmal hört sie den Toni schnaufen. Karla schaut langsam auf und kriegt große Augen. Der Toni hat seine blaue Arbeitshose hinuntergelassen.

»Was schaust denn so«, fragt er heiser, »das hast doch beim Manfred auch schon gesehen.«

Nein, sowas hat Karla noch nicht gesehen. Beim Manfred war es ein kleines Zumpferl, das zwischen den Beinen gebaumelt ist. Es war zum Lachen komisch und hat Karla an eine grüne Zwetschke erinnert.

Aber was da beim Toni in die Höhe steht, ist eine richtige

Harpfenstange, der am End die Rinde abgeschält worden ist.

Der Toni greift nach seinem Beutel und wiegt ihn, wie wenn er schätzen müßt, wieviel Geld die Leute bei der Frühmesse gespendet haben.

»Weißt überhaupt, wofür das ist?«

Karla starrt auf die Harpfenstange, an der sich der Toni jetzt wieder festhält. Kein Wunder, daß er immer mit dem Traktor unterwegs ist. Auf einem schmalen Fahrradsattel hätt dieser Pflock sowieso keinen Platz.

Karla muß an ihren Lieblingssänger mit der goldenen Stimme denken. Sie kann es nicht glauben, daß Karel Gott auch so einen Prügel zwischen den Beinen stecken hat.

»Weißt, wofür das ist?« fragt der Toni noch einmal, keucht und reißt an seiner Stange herum, als wär sie ihm selber lästig.

»Für gar nichts«, sagt Karla trotzig. Sie zeigt ihm, daß sie auch was weiß. »Das haben sie dir vergessen wegzuschneiden. So wie bei den Schweindeln. Denen schneiden sie auch alles weg, damit das Fleisch nicht stinkt.«

Der Toni hört auf mit dem Reißen und Zerren an seinem Pfosten und lacht hell auf. Dann schüttelt und zaubert es ihn wieder, daß der Beutel nur so hüpft.

Karla geniert sich, daß er sie auslacht.

»Und ich stink jetzt, weil sie es mir nicht weggeschnitten haben, oder wie«, fragt der Toni mit zittriger Stimme. »Komm, greif her. Schau, wie fest das ist!«

Karla überlegt. Der Toni glaubt bestimmt, daß sie sich nicht traut. Sie hat aber keine Angst vor ihm.

Ganz vorsichtig greift Karla hin und tippt mit dem Zeigefinger den Stengel an. Wie elektrisiert reißt sie die Hand zurück. Sie riecht am Finger. Karla verzieht das Gesicht, wie wenn sie Milchhaut und Rosinen gleichzeitig essen müßt. Ihr graust vor dem Geruch aus Talg und Seiche.

»Pfui Teufel, das stinkt«, sagt sie dem Toni ins Gesicht und wischt in einem fort die Finger an ihrem Rockerl ab.

Wie sie gar nicht aufhört zu wischen, zu riechen und wieder zu wischen, wird der Toni grantig: »Vor den toten Säuen graust dir nicht. Da greifst herum. Komm noch einmal her. Mußt es halten wie einen Fahrradgriff.«

Karla schüttelt den Kopf und riecht noch immer mit verzogenem Gesicht an ihren Fingern.

»Komm her und tu, was ich dir sag!«

Karla bleibt stocksteif stehen.

»Weißt eh, was ich deinem Vater erzähl, wenn'st nicht folgst!«

Dem Toni seine Stange wird rot am Kopf wie ein Fliegenpilz. Sein Gesicht wird genauso rot, und Karla schaut einmal auf diesen Mini-Toni und dann wieder in sein Gesicht.

»Und ich erzähl dem Vater auch, wie du nachgeschaut hast. Dann zeigt er dich an bei der Gendarmerie.«

Auf einmal hört der Toni zu reißen auf und wird weiß im Gesicht. Seine Stange wird kleiner und kleiner, bis sie ganz in sich zusammenschrumpft und nur mehr ein verkrüppeltes Zweigerl übrigbleibt, kaum größer wie dem Manfred seine grüne Zwetschke.

Karla muß auf diese Zauberei schauen. Sie kann gar nimmer wegsehen. Ganz erleichtert holt sie Luft, wie sie sieht, daß dieser Zumpfel bei einem erwachsenen Mann auch so klein werden kann.

»Du wirst gar nichts erzählen, hörst du«, sagt der Toni drohend.

Karla schaut, wie er sich die Hose hinaufzieht. Mit seinen dicken Fingern tut er sich schwer, die kurzen Schnüre vorm Bauch zusammenzubinden.

»Freilich erzähl ich's«, sagt Karla und kneift die Lippen zusammen wie die Mutter.

Der Toni vergißt den Hosenschlitz zuzuknöpfen. Er packt Karla bei den Armen und hält sie fest, damit sie ihm ins Gesicht schauen muß: »Und wenn ich dir was schenk? Wirst dann nichts sagen?«

Karla läßt sich von dem aufgeregten Toni durchschütteln und sagt kein Wort. So hat sie den Toni noch nie gesehen. Fremd schaut er aus, wenn er sich fürchtet.

»Du hast doch Tiere gern. Willst eins?« fragt er leise.

Nie hätte Karla geglaubt, daß der Toni so reden kann. Wie der Pfarrer, wenn er für die Kirchenrenovierung sammeln kommt.

»Ich hab ein Wiesel. Ein ausgestopftes. Es sieht wie lebendig aus. Wenn'st willst, kannst es haben!«

Karla reißt sich los. Sie denkt nach. Der Vater wird den Toni sowieso nicht anzeigen. Warum soll sie das Wiesel nicht nehmen? Sie hat noch nie eines gehabt, hat höchstens einmal eines über die Felder rennen gesehen. Karla nickt.

»Gut«, sagt der Toni und lächelt so weich, daß es ihr unheimlich wird. »Du bekommst das Wiesel. Dafür bleibt die Brücke unser Geheimnis.«

Karla sagt nichts drauf. Sie schaut dem Toni nach, wie er die kurzen Beine abwinkelt und die Bachschräge hinaufschnauft.

Erst wie sie den Traktor davonblubbern hört, steigt sie auf ihr Rad. Wie sie den Lenker angreift, kommt ihr Tonis Stange wieder in den Sinn. Karla stellt sich vor, daß sie bei allen Männern so groß wird wie beim Toni. Beim Vater kommt ihr das komisch vor und beim Opa läßt sich's nicht einmal denken. Manchmal hat Karla ein bißchen von Opa seinem Röhrl zu sehen bekommen, wenn sie bei den Großeltern geschlafen hat. Der Opa ist immer auf den Scherben gegangen, weil ihm der Abort im Wirtschaftsgebäude zu weit weg gewesen ist. Er hat sich immer nur weggedreht von der Karla. Weil er schon so stark gezittert hat, ist oft was daneben gegangen. Da hätte er schon eine längere Pipe brauchen können, zum besseren Zielen.

Die Oma hat geschimpft, wenn der Opa nicht getroffen hat, weil dann das ganze Zimmer nach Seiche gestunken hat.

Karla hat der Opa leid getan. Manchmal ist sie, bevor die Oma den Topf ausgetragen hat, ins Zimmer geschlichen und hat in den Scherben geseicht, bis er eben voll gewesen ist. Heimlich hat sie dann zugeschaut, wie die Oma mit dem vollen Scherben gegangen ist. Die Seiche hat übergeschwappt und ist auf die Hände und die Schürze von der Oma geronnen. Sie hat nicht gewußt, ob es der Opa oder die Karla war und hat geflucht auf die zwei. Der Opa und die Karla haben nichts gesagt und heimlich gelacht über die vollangeseichte Oma.

Karla fährt zur Wiese hinterm Haus, wo der schönste Klee wächst. Hierher soll der Toni das Wiesel bringen. Im Kleesuchen hat Karla Übung. Immer, wenn sie sich etwas wünscht, sucht sie einen vierblättrigen Klee und beißt ihn ab. Nur dann geht der Wunsch in Erfüllung. Manchmal findet sie auch einen fünfblättrigen, aber der bringt Unglück. Deshalb reißt sie das fünfte Blatt ab, bevor sie ihn abbeißt und sich was wünscht. Einmal hat sie sich eine goldene Stimme gewünscht und ein anderes Mal, daß der Rolf von den Toten aufersteht.

Karla kann sich nicht auf das Kleesuchen konzentrieren. Immer wieder fällt ihr die Antenne vom Toni ein, die er nach Lust ein- und ausfahren kann. Beim Toni findet sie das ganz interessant, aber bei einem Mann, der ihr gefällt, will sie sich das nicht vorstellen. Der muß sauber sein, am ganzen Körper unbehaart, und vor allem darf er nicht nach Seiche stinken.

Karla wünscht sich von jedem einzelnen Kleeblatt, daß der Karel Gott mit seiner Engelsstimme nicht stinkt wie der Toni und daß er so rein und unbehaart ist wie seine Singstimme. Sie macht die Augen fest zu und wünscht sich, daß er einen starken, aber ganz unbehaarten Arm hat, so wie sie es auf Abbildungen von alten Statuen schon gesehen hat. Auf einmal, wie sie die Augen fest zu hat, spürt sie was Haariges auf der Wange. Sie reißt die Augen auf und sieht das Wiesel, mit dem der Toni ihr Gesicht umschmeichelt. Mit glasigen Augen schaut das ausgestopfte Tier ins Leere, und wie von einer bösen Fee verzaubert, ist es mitten im Rennen erstarrt und an einem knorrigen Ast festgewachsen.

Karla schaut es lange an. Der Toni drückt es ihr in die Hand, weil sie vor lauter Schauen vergißt, danach zu greifen.

»Jetzt sind wir quitt«, sagt der Toni so ernst wie der Viehhändler, wenn er einen Stier zahlen kommt.

Karla nickt und schaut so wichtig drein wie der Vater: »Es ist alles pari.«

Der Toni schaut sie noch einmal so seltsam an und geht schnell davon. Er ist nicht mit dem Traktor gekommen, weil Karla ihn nicht davontuckern hört.

Sie streichelt das braune Fell ganz sanft und drückt das Wiesel an sich. Doch anstatt daß sie den Herzschlag eines warmen, weichen Tieres spürt, ist es nur ein harter, sperriger Klotz, der an ihre Brust drückt.

Wie der Rolf, fällt es ihr ein. Der war auch schon steif, wie sie ihn gefunden hat. Immer ist der Rolf auf der Straße gelegen. Auf dem warmen Asphalt hat er sich gesonnt und gewartet, bis Karla von der Schule heimkommt. Normalerweise haben die Dorfleute einen Bogen um den Rolf gemacht, oder sie sind stehengeblieben und haben ihn von der Stelle gestampert.

Nur damals hat der Nachbar, der Vater vom Franzi und vom Manfred, gerade das Geld von der Hagelversicherung bekommen. Weil die Versicherung achtzig Prozent Ernteschaden gezahlt hat und der Mais trotzdem noch ansehnlich ausgewachsen ist, war der Nachbar so selig, daß er beim Wirt ein paar Gläser zuviel getrunken hat. Beim Heimfahren mit seinem VW hat er dann den armen Rolf übersehen.

Wie Karla heimgekommen ist, war der Rolf schon hart wie ein Brett. Drei Tage lang ist sie nicht weggegangen von dem Hund, hat ihn gestreichelt und ihren Kopf auf seinen kalten Bauch gelegt. Und in einem fort hat sie gebetet daß er noch einmal zum Luftholen anfängt. Wie der Bauch vom Rolfi aber immer größer geworden ist, weil er innerlich schon angefangen hat zu verwesen, ist der Vater gekommen und hat ihr gut zugeredet, daß sie den Rolf jetzt eingraben müssen. Und Karla hat genau gesehen, wie der Vater die Augen voll Wasser gehabt hat, wie sie auf Karlas Tierfriedhof ein Loch für den Rolf gegraben haben.

Karla und der Vater haben ein Holzkreuz gezimmert und den Namen und das Alter vom Rolf draufgeschrieben. Von der Mutter hat Karla Nelken und Stiefmütterchen aus dem Garten bekommen. Die hat sie auf den Rolf seinem Grab angesetzt.

Karla greift dem ausgestopften Wiesel aufs Glasauge und drückt sein kleines Raubtiergebiß ab. Sie stellt das Tier ins Gras, aber es schaut in keiner Stellung lebendig aus. Wie ein Gartenzwerg bleibt es genau dort, wo man es hintut. Karla mag nicht einmal ihren Kopf drauflegen, weil der Bauch so hart ist. Sie will wissen, wie es innen aussieht und operiert das Wiesel am Bauch. Sägespäne bröseln heraus. Eigentlich weiß sie nichts Rechtes anzufangen mit diesem starren Pelz.

Sie hat genug von dem holzigen Tier. Karla trägt es auf den Tierfriedhof und schaufelt neben dem Grab vom Rolfi ein Loch. Sorgfältig wickelt sie das Wiesel in große Kürbisblätter und segnet es. Wie sie das Loch wieder zugeschaufelt hat, ist sie richtig glücklich, daß sie dem armen Tier die ewige Ruhe gegeben hat.

*

Karla macht gerade ihre Rechenaufgabe, wie sie das rot glänzende Auto beim Stubenfenster vorbeischleichen sieht. Der Eierclown. Und Karla ist allein im Haus. Sie rafft ihre Schulsachen zusammen und flüchtet in das Großelternzimmer, das jetzt ihr gehört.

Sie will nicht mit ihm reden. Und schon gar nicht will sie ihm die Hand zur Begrüßung hinhalten, nach der er greifen und sie ungeniert festhalten würd. Sie duckt sich und kriecht unter den Tisch im Schlafzimmer. Nicht einmal ordentlich Luft schöpfen traut sie sich. Draußen ist es leise, weil alle auf den Feldern sind. Die Fenster stehen offen. Der eierholende Clown könnte jeden Muckser von ihr hören, so wie sie hört, daß er am Schlafzimmer vorbeigeht, ins offene Vorhaus hinein und an die Stubentür klopft. Sie hört, wie er in die Stube geht, obwohl niemand »herein« gesagt hat.

Karla soll das Haus hüten und sich nicht verstecken, wenn jemand kommt. Vater und Mutter sind auf dem Acker.

Wenn die Mutter wüßt, was für eine schlechte Hüterin Karla ist. Aber sie hat nicht gesagt, daß der Herr aus Bärnbach kommt, sonst wär Karla lieber Unkraut hacken gegangen als die Hausaufgabe zu machen. Noch dazu, wo sie die doppelten Schlußrechnungen sowieso nicht leiden kann. Wenn es ihr zu dumm wird, schreibt sie die Übungen in den Pausen ab. Manchmal ist das aber soviel, daß sie sich in den Pausen auf die Stunden freut, wo sie ihre Finger vom Schreiben ausschütteln kann.

Karla hört, wie der Eierclown wieder aus dem Haus geht. Vor dem Fenster marschiert er auf und ab, wie wenn er wüßt, daß sich Karla drinnen versteckt. Auf einmal ist es still. Er hat aufgehört zu gehen. Karla hört nur mehr das Zirpen der Grillen und das Aufseufzen der Schweine im Stall, weil ihnen heiß ist. Ganz in der Ferne schnauft ein Traktor, vielleicht der vom Toni, unter der Hitze.

Wohin ist der Clown gegangen? Sucht er die Mutter auf dem Acker, oder hat er sich einfach auf die Bank vorm Haus gesetzt und wartet?

Ohne einen Muckser zu machen kriecht Karla unter dem Tisch hervor, drückt sich an die Wand und will seitlich beim Fenster hinausspähen. Langsam rückt sie, dicht an der Mauer, nach. Der Holzboden gibt einen kurzen Knarrer von sich, wie sie das Gewicht von einem Bein auf das andere verlagert. Sie wartet, bis es wieder ganz ruhig ist und holt nur wenig Luft. Draußen bleibt es still. Karla dreht den Kopf zum Fenster und erschrickt. Der Clown starrt durch die Gitterstäbe herein, direkt in das Gesicht von der Karla. Sie will schreien, aber vor Schreck bringt sie keinen Ton heraus. Die Stimme ist einfach weg vor lauter Furcht.

Der Clown sagt kein Wort, schaut in einem fort der Karla ins Gesicht und fängt zu grinsen an. Aber solange die Fenstergitter zwischen ihnen sind, kann er sie nicht umbringen und das wird er wollen, so wie sie ihm in der Zeichnung die Gurgel durchgeschnitten hat. Vorm Todsein hat Karla weniger Angst als vorm Umbringen. Weil es ihr so graust wenn der Clown sie mit seinen Skeletthänden angreift. Auf einmal schaut die grinsende Larve woanders hin. Da hört Karla die schlurfenden Schritte der Mutter.

»Grüß Gott, Herr Meixner. Ich hab Sie schon vom Acker aus gesehen. Wir tun grad Kürbis häufeln. Bei dieser Affenhitze brauch ich eine Zeitlang heim. Die Karla wird Ihnen wohl was aufgewartet haben!«

»Ich glaub, die Karla hat mich nicht gehört«, lügt der Clown mit heiserer Stimme die Mutter voll. »In der Stube war sie nicht. Vielleicht ist sie im Zimmer.«

»Was hätt sie untertags im Zimmer verloren? Das ist zum Schlafen da. Karla«, ruft die Mutter durchs Fenstergitter. »Hol dem Herrn Meixner einen Krug voll Most!«

Erst wie die Mutter mit dem Eierclown in der Stube verschwunden ist, schleicht sich Karla aus dem Zimmer. So spart sie sich wenigstens zur Begrüßung das Handschütteln mit den kalten Clownknochen. Zäh geht sie außen beim Haus die Kellerstufen hinunter, die in der Sommerhitze schwitzen. Vor der Tür bleibt Karla stehen, schöpft tief Luft und dreht den großen, angerosteten Kellerschlüssel mit aller Kraft um die eigene Achse. Die Eisentür springt auf. Ein schwarzes Loch schaut sie an. Die Augen sehen nicht einmal einen Umriß. Karla tappt über den unebenen Steinboden. Sie will nicht an die Ratten denken und fängt zu zählen an. Aber Zählen ist wie Beten. Sobald sie ein Gebet auswendig kann, muß sie an etwas anderes denken, als an den Sinn der heruntergedachten Worte.

Während der Kopf automatisch die Ziffern heruntersagt, sind die Gedanken sofort wieder bei den Ratten. Karla kommt es vor, daß es vor ihr noch dunkler ist als seitlich und über ihr. Sie streckt die Hand aus und spürt das feuchte Holz des Mostfasses. Sie tappt die glitschige Holzwand entlang und sucht nach der Pipe. Endlich spürt sie den Schlauch zwischen den Fingern. Er greift sich an wie ein kaltes Frankfurter-Würstel. In Karlas Kopf zählt es noch immer. Sie hält den Krug unter den Schlauch und zieht die Klemme auf. Hohl und dünn rinnt es ins Gefäß. Karla fällt nichts ein, was sie denken könnte, damit sie auf die Ratten vergißt. Beim Zählen ist sie schon bei zweihundert. Sie stellt sich vor, wie eine Ratte an ihrem großen Zehen frißt. Genau spürt sie, wie ihr die kleine Bestie zuerst die Nägel von den Zehen zieht und dann herzhaft in das knorpelige Fleisch beißt. Karla kann nicht einmal hinuntergreifen zu den Zehen, weil sie mit der einen Hand den Krug und mit der anderen den Verschluß der Pipe offenhalten muß.

»Dreihundertfünfundzwanzig«, zählt sie, wie sie es endlich feucht am Daumen spürt. Fest umklammert sie den Henkel und taucht den Daumen noch tiefer in den Krug, um ihn eben zu halten. Sie drückt den Schlauch mit der Klemme ab und rennt den Ratten mit dem vollen Krug davon. So wie die Oma oft die halbe Seiche verschüttet hat, schwappt ihr jetzt der Krug ein paarmal über und verschüttet den Most.

»Fünfhundertsiebenundzwanzig«, zählt Karla erleichtert, wie sie den Kellerschlüssel von außen herumdreht. Sie schaut auf ihre Füße. Es ist noch alles dran. Nicht einmal ein Zehennagel fehlt, das zeigen die schwarzen Sicheln deutlich.

Karlas Hand ist naß vom Most. Sie will die Finger an der Schürze abwischen, aber der Latz hat sich auch mit Most vollgesoffen. Sie schielt in den Krug. Er ist nur mehr halb voll. Die Mutter wird wieder zetern, wenn sie nur mit einem halben Krug daherkommt. Und wenn der Clown ein Glas nach dem anderen in seine Gurgel schüttet, schickt die Mutter sie vielleicht noch einmal. Dann muß sie wieder in die Finsternis, zu den Ratten. Karla schnuppert an ihrer säuerlich riechenden Hand und verzieht das Gesicht. Pfui Teufel, wie muß erst die Hand von der Oma gestunken haben, wenn sie die Seiche verschüttet hat.

Karla stellt sich vor, wie es ist, wenn sie dem Clown statt Most Seiche zu trinken gibt.

Vorsichtig stellt sie den Krug auf die steinerne Stufe, zieht die Unterhose hinunter und hockt sich drüber. Sie läßt ihre Seiche in den Most plätschern und schaut drauf, daß sie keinen Millimeter danebentrifft.

Sorgfältig, wie der Pfarrer den Kelch, nimmt sie den Krug in beide Hände und trägt die Opfergabe feierlich vor sich her.

Sie lächelt den Clown richtig verführerisch an, wie sie ihm den Most hinstellt. Er lächelt etwas verwundert zurück und schaut dadurch noch lächerlicher aus, als sein ständiges Grinsen von Natur aus ist.

Die Mutter stellt ein geripptes Glas auf den Tisch und schenkt die Mostseiche ein. Karla schaut genau auf die gelbe Flüssigkeit. Sie hält die Luft an. Der Clown setzt seine dicken Lippen an den Glasrand und trinkt. Er nimmt den Mund voll und schluckt. Sein Knorpel am Hals hüpft auf und ab wie ein Jojo. Bis das Glas leer ist. Dann bettet sich der Adamsapfel wieder ein in dem faltigen Hals.

Karla kann nicht genug kriegen vom Schauen, und innerlich zerspringt sie fast vor Lachen. Mit einem zufriedenen »Ah« stellt der Clown das Glas ab und fährt sich mit dem Handrücken über die feuchten Lippenwülste.

»Ist er gut, unser Most?« fragt die Mutter beiläufig, wie sie auf der Holzkiste die Eier vom Korb in die Papplagen schichtet.

»Sehr gut. Grad richtig für die Hitze«, sagt der Mann zufrieden und lächelt Karla an. »Er hat nachgegoren seit dem letzten Mal. Ich bin so frei.«

Er greift selber nach dem Krug und schenkt sich das Glas voll.

»Bitte, nehmen Sie nur. Wir haben ihn gern säuerlich, in der ärgsten Hitze. Ich werd mir auch ein Maulvoll gönnen!«

Damit hat Karla nicht gerechnet. Die Mutter trinkt doch nie was, außer zum Essen. Höchstens kalten Kaffee. Sie kocht in der Früh eine Kanne voll und schlürft den ganzen Tag dran.

Die Mutter geht zur Kredenz und holt sich ein Glas. Karla will es nicht glauben. Wie kann sie die Mutter abhalten, von diesem Most zu trinken?

Am Ende schmeckt sie den Unterschied. Aber auch wenn sie es nicht merkt. Nie würde sie der Mutter ihre Seiche zu trinken geben. Weil Karla dankbar ist. Die Mutter hat ihr die Geschichte mit dem Schelm Toni sofort geglaubt, und am Samstag läßt sie Karla immer als erste ins Badewasser.

Die Mutter setzt sich an den Tisch und stellt das Glas ab. »Burschi, heut ist es heiß«, stöhnt sie und wischt die Haarsträhnen mit dem Handrücken aus der Stirn. Sie plustert die Arme auf, um die kühle Stubenluft unter die dicht behaarten Achseln zu lassen. Ein schweißiger Geruch strömt von der Mutter aus und steigt über dem Tisch auf. Karla atmet ihn tief ein. Sie weiß nicht recht, ob sie ihn mögen oder sich davor ekeln soll. Auf der einen Seite ist ihr der bittere Geruch der Mutter vertraut, auf der anderen Seite ist es ihr unangenehm, daß die Mutter ihre geheimsten Düfte vor diesem grauslichen Mann ausbreitet.

Der braucht nicht zu wissen, wie die Mutter riecht.

»Heute ist bestimmt der heißeste Tag«, sagt der Clown und nimmt wieder einen Schluck.

»Vorgestern war es auch sehr heiß«, erinnert sich die Mutter und schenkt Most in ihr Glas.

Karla starrt auf das volle Glas der Mutter. Jeden Moment kann sie danach greifen. Wie sie hinlangt, fährt Karla mit der Hand dazwischen. Das Glas kippt. Karla zieht die Hand zurück. Der Most rinnt über das Plastiktischtuch und tropft auf die feine Hose des Gastes.

So schnell kann sich Karla gar nicht ducken, wie sie die Hand der Mutter im Gesicht hat. Auf der Wange spürt sie, wie es brennt und in den Ohren hört sie, wie es zetert. »Herr Gott noch einmal. Das Mensch wird nicht gescheiter. Soll ihr eigenes Glas holen, wenn sie trinken will.«

Karla riecht den Moder des Küchenfetzens, wie die Mutter mit dem alten Unterleiberl vom Vater die Mostsuppe auftunkt.

»Jetzt holst sofort ein nasses Handtuch und wischst dem Herrn Meixner den Most heraus. Sonst bleibt noch ein Fleck auf der schönen Hose!«

Dem Eierclown ist es unangenehm, daß die Mutter mit der Karla schimpft. Er winkt in einem fort ab und tut, wie wenn es ihm nichts ausmachen würd.

»Es ist eh nichts passiert. Ist ja nur Most!«

Wenn Karla das Glas nicht absichtlich umgestoßen hätt, wär sie jetzt einfach davongerannt. Sie hätt es der Mutter überlassen, den Clown abzuputzen. So holt sie aber folgsam ein Handtuch und macht es naß. Sie hockt sich vor dem Clown hin, der aufgestanden ist, damit sie besser putzen kann. Karla reibt an dem dunklen Fleck, der vom Knie bis zum Hosenschlitz geht.

Die Mutter schnuppert am Fetzen, scheint doch noch was anderes zu riechen wie die Fäule im Stoff und meint für sich selber: »Den muß ich einmal auskochen.«

Karla spannt mit der einen Hand die Hose an, mit der anderen wischt und reibt sie. Die Seiche kann sie deutlich herausriechen aus dem Most, dann kommt ihr aber vor, daß es fremd riecht und vielleicht doch aus der Hosentürlgegend kommt. Bei dem Gedanken graust ihr so, daß sie nicht weiterwischen kann. Sie schaut zu dem Mann auf, der sanft auf Karla herunterlächelt. Noch viel sanfter als sonst.

Ihr wird kalt bei diesem Lächeln. Sie steht schnell auf und wirft das Handtuch in die Schmutzwäsche.

Karla muß auch die Eier tragen helfen. Wie der Clown den Kofferraumdeckel aufmacht und der Mutter die Eier abnimmt, stößt er nicht bei ihren Fingern an. Wie er aber der Karla die Eierlagen aus den Händen nimmt, greift er so hin, daß er ihre Finger erwischt.

Karla reibt die Spitzen an der Schürze ab und will weggehen. Damit sie sich das Handgeben erspart.

Doch wie sie sich umdreht, sagt der Clown: »Ich hab noch was für dich, Karla!«

»Ich will nichts«, sagt sie und dreht sich nicht um.

Aber die Mutter packt sie am Zopf und reißt sie herum.

»Wenn der Herr Meixner noch was hat für dich, bleibst da, bis er's dir gibt.«

Karla steht stocksteif da. Sie schielt zur Mutter, die mit einem Aufpassergeschau neben ihr steht. Insgeheim tut es Karla schon leid, daß sie die Mutter nicht hat trinken lassen vom Most.

Der Clown drückt Karla einen trinkbechergroßen Stiefel aus Glas in die Hand. Er ist bis oben mit Schokoladezuckerln gefüllt.

»Der Stiefel ist aus der Glasfabrik in Bärnbach«, erklärt er. »Wenn du die Zuckerln aufgegessen hast, kannst sogar draus trinken.«

Die Mutter schlägt die Hände zusammen, weil sie sich so freut über das Geschenk für Karla.

Karla ist ganz höflich und sagt »Danke«. Dabei schaut sie zu Boden.

Den Stiefel hält sie mit beiden Händen fest, damit der Mann zum Verabschieden nicht noch einmal nach ihren Fingern greifen kann.

»Ich versteh gar nicht, warum der Herr Meixner noch immer so lieb ist zu dir, wo du dich immer so garstig benimmst!«

Wie die Mutter das sagt, kommt es Karla vor, daß sie selber gern den Zuckerstiefel bekommen hätt. Der Clown gibt ihr die Hand, und Karla glaubt schon, daß er ins Auto einsteigt. Aber nein, wie Karla den Stiefel umklammert und keine Hand hergibt zum Verabschieden, nimmt er ihren Kopf in seine kalten, knochigen Hände und drückt ihr einen Kuß auf den Mund. Das ist Karla zuviel. Sie preßt die Lippen ganz fest zusammen und weiß nicht, ob ihr vor den feuchten Mundwülsten mehr graust oder ob sie gleich speiben soll wegen der abgezehrten Krampen auf ihren Wangen.

Ihr ist zum Weinen vor Zorn. Die Mutter findet es lustig und winkt dem grinsenden Eierclown nach.

Karla wartet, bis die Mutter ins Haus geht. Sofort rennt sie in den Saustall und schüttet die Zuckerln in den Schweinetrog. Kein einziges Zuckerl könnt sie essen von diesem Clown. Ihre Lippen reibt und wäscht sie, bis sie aufspringen. Er hat einen Kuß von ihr erzwungen, den sich Karla aufsparen wollte für den Menschen, der ihr am liebsten ist. Er hat Karlas Lippen berührt mit seinen schwammigen Wülsten. Das feuchte Grausen hört nicht auf. Sosehr Karla auch wischt und reibt. Noch nie hat sie sich von einem Mann auf den Mund küssen lassen. Dem Lehrer hätt sie es vielleicht erlaubt, damals, wie sie noch richtig verliebt war in ihn. Der hat aber einen schmalen, trockenen Mund mit ganz feinen Lippen. Aber daß grad dieser widerliche Eierclown ihr den ersten Kuß nimmt, läßt sie fast zerspringen vor Zorn. Sie wünscht ihm die Maul- und Clownseuche, die sein Gesicht zerfressen soll von den Lippen her.

Karla reißt sich die Haut in kleinen Fetzen von den Lippen und fängt mit der Zunge das Blut auf, das in kleinen

Bächen aus dem rohen Fleisch quillt. Sie überlegt einen Augenblick, ob sie die süßliche Flüssigkeit schlucken soll, aber wie ihr einfällt, daß noch immer was von der Feuchtigkeit des Clownmundes dabei sein könnte, spuckt sie das Blut im weiten Bogen aus.

Wie Karla noch ihre Wangen abreibt, hört sie die Mutter schon wieder plärren, so laut und grell, daß man es sicher im ganzen Dorf hört.

»Hast alle Zuckerln auf einmal aufgegessen«, stellt sie fest, wie Karla mit dem leeren Glasstiefel in die Stube kommt. In dem dunklen Raum mit den kleinen Fenstern fällt der Mutter gar nicht auf, daß Karlas Lippen bluten.

»Hast dich absichtlich versteckt, daß du mir nichts zum Kosten geben mußt«, meint die Mutter gekränkt und setzt sich auf die Holzkiste. Sie legt ihr Kinn in die Hand, so daß ihr Gesicht gequetscht ist und in die Breite rinnt. So schaut sie immer, wenn sie beleidigt ist.

Karla hält der Mutter das Glas hin: »Da hast. Dafür schenk ich dir den Stiefel.«

Die Mutter schielt danach, wie Karla den Stiefel in das Licht hält.

»Wirklich? Den schönen Stiefel willst herschenken?«

Karla nickt ernst und gibt der Mutter das Glas. Sie ist froh, das Geschenk los zu sein und will gehen. Da ruft ihr die Mutter nach: »Hol noch einen Most. Der da ist schon abgestanden wie Seiche. Den frischen trink ich dann aus dem Stiefel.«

Karla greift nach dem Krug. Wieder muß sie die feuchten Kellerstufen hinunter in das stockfinstere Rattenhaus. Der klamme Boden, der Nägel in die Füße treibt, so tief, daß es bis in die Oberschenkel zieht. Und zählen. Zweiundzwanzig, dreiundzwanzig, vierundzwanzig. Der Most rinnt dünn, und im Krug klingt es noch immer hohl. Und die Ratten, mit Schwänzen so lang wie Ringelnattern, und der Krug ist noch immer nicht voll. Vierundfünfzig, fünfundfünfzig, sechsundfünfzig. Was ist, wenn ein Ratz in das Faß gefallen ist? Kommt er am End bei der Pipe heraus und liegt dann ersoffen im Krug?

Hundertneunundzwanzig, hundertdreißig. Warum wird der Krug mit jedem Mostholen größer? Schwemmt es ihm die Wände aus? Die toten Ratten im Faß blockieren den Abfluß, drum rinnt es jedesmal dünner. Das Plätschern wird heller. Jetzt muß Karla den Daumen hineinhalten, um zu spüren, ob der Krug voll ist. Aber, wenn die Ratte noch lebt und zubeißt? Dreihundertzwei, dreihundertdrei, dreihundertvier und nicht laufen beim Hinausgehen, sonst schwappt alles über, und dann muß sie noch einmal in den Keller. Übergeschwappt ist der Most, und das Rattenleichengift ist auf den Händen. Es brennt die Haut auf, und das Luftholen geht nicht mehr vor lauter Angst. Endlich ist sie heraußen, dreht den Schlüssel um und schaut in den Krug. Es schwimmt keine Ratte drin, aber die Unterhose ist naß zwischen den Beinen. Karla hat gar nicht gemerkt, wie es geronnen ist. Der Mutter wird sie nichts sagen, weil im Sommer wird die Hose auch von selber trocken. So wie früher, wenn Karla in der Nacht geträumt hat, daß sie auf den Topf geht. Dabei ist sie im Bett gelegen und die ganze Matratze ist naß gewesen. Die Mutter hat jedesmal ein Theater gemacht, bis Karla angefangen hat, heimlich die Wärmematte einzuschalten. Bis in der Früh war alles trocken.

Die Mutter schenkt Most in den Stiefel und macht einen ordentlichen Schluck. Es gefällt ihr, aus dem Stiefel zu trinken. Sie sagt »ah« und trinkt gleich noch einmal. Wie fast nichts mehr im Stiefel ist, macht es einen Schnalzer, und die Mutter hat die Neige im Gesicht.

»So ein Dreck, der depperte Stiefel«, schimpft sie und haut ihn vor Zorn auf den Boden. Die Fichtenbretter sind zu weich, um ihn zu brechen. Sie fangen den Stiefel auf und drehen ihn wie einen Kreisel. Wie er sich ausgedreht hat, liegt er verloren da, als wäre ein Einbeiniger herausgestiegen und in den Himmel gefahren. Am liebsten würd die Mutter der Karla die Schuld an ihrem Mostgesicht geben. Aber weil sie unbedingt aus dem Stiefel trinken wollt, kann sie nur mit ihm schimpfen.

Obwohl es komisch aussieht, wie die Mutter dasteht mit dem angepatzten Gesicht und sich die Säure aus den Augen reibt, ist es Karla nicht zum Lachen. Es ist ihr ganz ernst, wie sie denkt: Das hat die Mutter davon, daß sie mich zwingt, Geschenke anzunehmen, die ich nicht will.

*

Die Sonntage sind für Karla immer langweilig. Am Vormittag ist Kirchengehen, und nach dem Mittagessen schläft das ganze Dorf. Es geht kein Traktor, keine Futterschneidemaschine, nicht einmal die Kühe muhen. Die Mägen der

Katzen sind angefüllt mit Hühnerhäuten, die vom Backhendl zu Mittag abgefallen sind. Sie drehen ihre gespannten Bäuche in die Sonne und blinzeln den Gummiball faul an, den Karla ihnen zum Spielen hinrollt.

Im Hof klingt es, als würde an allen Ecken und Enden aufgespielt. Dabei ist es nur der Schall, der sich an den Stallwänden bricht, vom Radio, das alle im Dorf aufgedreht haben, weil sie das »Wunschkonzert« hören.

Weil auch die Katzen zu faul zum Spielen sind, hockt sich Karla in den Tischwinkel. Mit Heft und Bleistift wartet sie, bis »Einmal um die ganze Welt« gespielt wird. Es fehlen ihr nur mehr zwei Zeilen von der letzten Strophe. Den Karel Gott spielen sie immer beim Wunschkonzert. Genauso wie den Freddy Quinn. Jedesmal wünscht sich eine Mutter, daß ihr Junge bald wieder nach Hause kommt. Karla mag den Freddy Quinn nicht so gern. Er hat keine so helle, klare Stimme, und daß der Junge mit dem Schiff auf die hohe See fährt, findet sie auch nicht so abenteuerlich. Ihr wird schon schlecht, wenn sie in ein Schlauchboot einsteigt. Sie wünscht sich lieber, auf dem Mond spazierenzugehen, so wie Karel Gott, der schon als kleiner Bub davon geträumt hat.

Wie Karla noch klein war, hat ihr der Vater ein Lied aus dem Wunschkonzert beigebracht: »Der Abschied von der Mutter war das Schwerste wohl für mich. War es oft auch nur für Tage, jede Stunde wußte ich: ihr Leben, ihre Liebe, waren für mich nur ganz allein, dafür Mutter, will ich immer dankbar sein.«

Wenn ihr der Vater vom Abschied von der Mutter vorgesungen hat, sind seine Augen feucht geworden, und die Nasenflügel haben sich aufgebläht und zusammengezogen, wie wenn sie den Takt angeben möchten. Karla hat nicht verstanden, warum der Vater so traurig war, weil seine Mutter ja noch gelebt hat. Und fort war er auch nicht oft von ihr. Nur einmal, im Krieg.

Draußen, vor dem Haus ist die Oma gesessen auf dem Bankerl, wie der Vater drinnen gesungen hat vom Abschied von der Mutter. Wie Karla den Vater gefragt hat, warum er immer traurig wird, wenn er das Lied singt, hat er ihr erzählt, daß der Sänger von dem Lied bei einem Autounfall ums Leben gekommen ist. Da sind die Augen von Karla auch feucht geworden, weil ihr die Mutter vom Sänger leid getan hat, weil sie gar keine Mutter mehr ist, wenn sie keinen Sohn mehr hat.

Karla hat sich damals nicht vorstellen können, wie es ist, wenn man jemanden verliert, den man lieb hat. Es muß sehr schwer sein, hat sie gedacht, weil ihr immer wieder eingefallen ist, wie ihr die Mutter den kleinen Finger unter die Nase gehalten hat, wenn sie schlimm gewesen ist.

»Mit dem kleinen Finger würd ich meine Mutter ausgraben, wenn ich sie damit wieder lebendig machen könnt.«

Sosehr verehrt die Mutter also ihre Mutter, und Karla verehrt ihre Mutter gar nicht, sonst wär sie nicht schlimm gewesen.

Karla hat an die harte Friedhofserde denken müssen, wenn es wochenlang nicht geregnet hat und der Lehm fest wie Beton war. Ob der Mutter die Graberei mit dem kleinen Finger nicht doch zuviel gewesen wär?

Später, wie Karla ihr Lieblingshuhn gestorben ist, hat sie wieder an das Mutterausgraben denken müssen. Von einem Moment auf den anderen hat das Henderl die Augen übergedreht und ist tot umgefallen. Vorher hat Karla es noch angezogen mit einem Puppenkleid und ist mit dem Pipperl im Puppenwagen spazierengefahren. Da war es noch ganz munter.

Karla hat es nachher neben dem Rolfi auf ihrem Tierfriedhof begraben und ein Kreuz aufgestellt. Kein anderes Henderl hat sich so leicht abfangen lassen und war so geduldig beim Anziehen. Drum war Karla besonders traurig. Sie hat gehofft, wenn sie es mit dem kleinen Finger wieder aus der Erde kratzt, wird es vielleicht noch einmal lebendig. Aber der kleine Finger hat ihr bald so wehgetan, daß sie bei dem Hühnergrab nicht einmal einen Zentimeter tief gekommen ist. Und das Grab der Mutter wär viel größer. Lange Zeit ist sich Karla sehr schlecht vorgekommen, weil sie nicht die Kraft und Ausdauer hätt, die Mutter mit dem kleinen Finger auszugraben.

Wie die Mutter vom Vater wirklich gestorben ist, hat der Vater längst nicht mehr vom Abschied von der Mutter gesungen. Wenn es Karla im Andenken an die Oma gesungen hat, ist der Vater grantig geworden und hat gesagt, sie soll aufhören so falsch zu singen.

»Einmal um die ganze Welt und die Taschen voller Geld, daß man keine Liebe und kein Glück versäumt. Viele fremde Länder seh'n, auf dem Mond spazierengeh'n, davon hab ich schon als kleiner Bub geträumt.«

Karla hat den ganzen Text mitgeschrieben. In Schönschrift malt sie ihn auf ein weißes Blatt. Dann geht sie ins Freie, weil singen darf sie nicht, wenn alle schlafen. Die Mutter und der Vater haben sich auch niedergelegt, und nicht einmal von den Nachbarbuben ist ein Muckser zu hören. Obwohl sie am Sonntag meistens in der Garage an einem Fahrzeug herumbauen. Aus einem Gummiwagen haben sie ein Go-Kart gemacht, und momentan bauen sie eine Scheibtruhe mit Motorbetrieb. Aber heute ist es in der Garage totenstill.

»Franzi, Manfred«, ruft Karla leise.

Sie streunt auf dem Nachbarhof herum, sieht in der Garage nach. Sie schaut in den Kuhstall. Aber sogar die Kühe schauen am Sonntag so gelangweilt drein, daß Karla gleich wieder geht. Sie flaniert im Obstgarten herum und stibitzt ein paar halbgrüne Zwetschken. Sie will weiter zu den Beersträuchern, dort sind vielleicht schon die Ribisel reif. Da entdeckt sie an der Rückseite vom Nachbarhaus den Franzi und den Manfred. Sie lauern unter einem Fenster. Geschickt ducken sie sich und spähen von unten seitlich hinein. Aus dem Fenster ist in gleichmäßigen Abständen ein Seufzen und Jammern zu hören, daß Karla selber neugierig wird, was es zu sehen gibt.

Die Buben sagen kein Wort und deuten Karla, den Mund zu halten. Sie denkt gar nicht daran, etwas zu sagen, weil sie viel zu neugierig ist, was da drinnen wimmert.

Doch wie die Karla auch auf das Fenstersims steigen will und hineinschauen, drängt der Franzi sie weg. »Da gibt's nichts zu sehen für Mädchen«, zischt er mit tonloser

Stimme. Dabei schaut er Karla so seltsam an, wie sie es vom Franzi gar nicht kennt. Und der Manfred grinst so breit, daß ihm die Spucke von den Lippen tropft.

Die Spitzenvorhänge sind vorgezogen. Karla kann nicht erkennen, was es so Besonderes zu sehen gibt, daß die Buben ganz ruhig sind und nicht einmal mit dem Go-Kart durchs Dorf fahren.

Normalerweise hätte sie zu den Buben jetzt gesagt, daß sie laut zum Reden anfängt, wenn sie nicht auch schauen darf, aber so wie die Buben jetzt dreinschauen, sind sie ihr unheimlich, und ihr fällt gar nichts ein, was so ausschaut wie die Buben jetzt.

Karla geht lieber wieder heim und schleicht sich an das Schlafzimmerfenster von den Eltern an. Vielleicht gibt es daheim auch was zu sehen. Die Spitzenvorhänge sind vorgezogen. Karla kann nur die Umrisse von den Betten sehen. Erst wie der leichte Wind die dünnen Vorhänge beiseite schiebt, kann Karla durch einen Spalt schauen. Sie schluckt heftig, und ihre Augen werden größer und größer. Sie sieht den Vater deutlich, wie er nackt auf der Mutter liegt. Und die Mutter hat auch nichts an. Aber sie beißt die Zähne zusammen, wie der Vater sie bei den Hüften packt und vor- und zurückschnellen läßt wie einen Rexgummi. Dabei zittern die fetten Schenkel der Mutter wie warmer Vanillepudding, und die Opferbeutel hängen bei den Achselhöhlen herunter wie zerfallene Semmelknödel. Immer wieder flattert der Wind die Vorhänge auseinander und läßt Karla zuschauen.

Der Vater hält seinen Hintern direkt zum Fenster, sodaß sie jede milchigweiße Falte sehen kann. Wie die Lefzen vom alten Rolf kommt Karla der faltige Hintern vom Vater vor.

Karla versucht immer wieder auf das Gesicht der Mutter zu schauen. Sie versteht nicht, wie die Mutter so mit sich umspringen läßt, wo ihr sonst vor allem graust. Karla findet das Hinterteil vom Vater so abstoßend, daß sie sich gar nicht ausdenken mag, wie das vorne bei ihm aussieht mit den vielen Haaren um der sauren Pipe.

Wie der Vater mit dem Mund an den Brüsten der Mutter herumsucht, wie ein Ferkel nach der Zitze, kommt Karla das Gesicht der Mutter direkt vor die Augen. Sie schaut nicht mehr verkniffen, und sie zieht die Lippen auch nicht hinein in ihren schmalen Mund. Ganz locker hält sie die Lippen, und die Augen macht sie zu. So hat Karla die Mutter noch nie gesehen. Nur die Oma, wenn sie geschnarcht hat. Aber die Oma hat nicht so weich, eigentlich richtig dumm dreingeschaut. Die Mutter ist eine ernste Frau. Ihr ganzes Leben lang hat sie die Zähne zusammengebissen. Was macht der Vater mit ihr, daß sie sich das gefallen läßt. Wenn er sie streicheln würd und es gefällt ihr, das könnt Karla einsehen. Aber diese dumme Schupferei, wie kann die Mutter das angenehm finden? Und warum ist sie auf einmal gar nicht streng, wie der Vater an ihr herumstößt und saugt und sich ziemlich kindisch aufführt.

Wie die Hund führen sich die Eltern auf. Grausen würd es Karla, wenn ein anderer mit seinem blanken Hintern an ihr herumwetzen würd.

»Du sollst Vater und Mutter ehren«, fällt es ihr ein. Aber wie soll sie ihre Eltern ehren, wenn sie nicht besser als der Rolf sind.

Nein, so was Blödes. Karla läuft weg. Den Rolf hat sie damals heruntergestampert von der Hündin, weil es ihr so auf die Nerven gegangen ist. Er hat überhaupt nicht mehr auf sie gehört, so laut sie auch geschimpft hat, er wollt nur das Hundeweib.

Karla rennt, wie wenn der Leibhaftige hinter ihr her wär, dabei ist hellichter Tag. Bei der Stängerhütte bleibt sie stehen und schnauft aus. Ob der Opa das mit der Oma auch gemacht hat? Dabei hat sich die Oma nie ausgezogen vorm Opa. Aber Karla hat bis heute von der Mutter auch geglaubt, daß sie sich vorm Vater nie ausziehen würd.

Karla war nicht mehr bei der Stängerhütte seit damals, wie die Dorfleute sie gesucht haben.

Karla geht zur Holztür, will den Riegel aufschieben. Aber der Riegel ist weg. Ein eisernes Vorhängeschloß ist montiert. Karla preßt ihr Gesicht gegen die Bretterwand und sieht durch den Spalt das dürre Moos auf dem Boden liegen. Ein Plastiksack ist über dem rostigen Sitz des Heurechens gespannt, die anderen Säcke liegen aufgeschlitzt und von Eisenspitzen durchbohrt auf dem Heublitz.

Wie Karla durch die Ritzen der harzig riechenden Bretter auf ihr zerstörtes Wurzelwerk schaut, spürt sie es feucht werden in der Unterhose. Eigenartig warm spürt sie es rinnen. Dabei hat sie gar keinen Druck auf der Leitung und auch keinen Husten, der ihr das Wasser in die Hosen treibt.

Karla hockt sich hin, um die restliche Seiche auf den Boden rinnen zu lassen. Wie sie die Hose hinunterzieht, sieht sie Blut zwischen den Beinen. Auch in der Unterhose ist ein großer, dunkelroter Patzen. Karla gibt es einen Stich in den Bauch. Sie glaubt, daß sie verblutet, einfach von innen her ausrinnt bis zum letzten Tropfen. Aber es sprudelt nicht richtig. Sie hat einmal gesehen, wie der Nachbar in die Kreissäge gekommen ist und sich den Zeigefinger abgesägt hat. Da hat sich das Blut direkt aus dem Finger gestoßen. Wie aus einem Gartenschlauch ist es durch die Gegend gespritzt, aber der Nachbar ist trotzdem nicht gestorben.

Karla hockt sich ordentlich hin und schaut nach, von wo das Blut genau kommt. Sie kann sich nicht erinnern, daß sie wo angerennt ist. Sie schaut genau. So gründlich wie sie schon lange nicht mehr bei sich nachgeschaut hat. Sie entdeckt dunkle Stoppel, die aus ihr herauswachsen. Es sieht aus, wie wenn der Vater seinen Bart drei Tage lang nicht rasiert hat. Vielleicht sind ihre Stoppel nicht ganz so schwarz und hart.

Karla zuckt zusammen. Ob das normal ist, was mit ihr passiert? Am liebsten würd sie diese Stacheln einzeln ausreißen, wenn sie nicht so kurz wären und sich nicht immer wieder von ihren Fingern wegbiegen würden.

Wachsen ihr jetzt auch Haare da unten und unter den Achseln, so wie den Erwachsenen? Der Karel Gott ist wahrscheinlich genauso behaart wie der Toni und der Vater. Wenn sie daran denkt, kann sie nicht einmal mehr sein Lied singen. Dabei könnt sie hier auf dem Feld so laut plärren, wie sie wollte. Karla richtet sich auf und wischt ihre blutigen Finger in die Unterhose. Es scheint, daß sie aufgehört hat zu bluten, weil sie es nicht mehr rinnen spürt.

Auf einmal wird ihr heiß und sie merkt, wie es ihr den Schwitz aus den Achseln treibt. Sie schnuppert an ihren Achselhöhlen und riecht sich selber wie eine Fremde. Ekelhaft stinkt sie, und am liebsten würd sie vor sich selber davonlaufen. Sie fängt zu rennen an, weg von sich selber, aber ihr Körper rennt mit, bleibt nicht einmal einen Schritt hinter ihr mit seinem Geruch. Sie weiß nimmer wohin mit sich und geht heim, eine frische Unterhose anziehen.

Sie muß die Mutter aus dem Schlafzimmer holen, weil die Mutter die Herrschaft über die Unterhosen hat. Sonst würd Karla jeden Tag eine frische nehmen, und waschen muß die Mutter.

Früher, wie Karla noch klein war, hat die Mutter einfach die kaputten Wollstrumpfhosen abgeschnitten und daraus Unterhosen gemacht. Beim Turnen hat sich Karla geschämt, weil die anderen Kinder alle feine, weiße Baumwollunterhosen angehabt haben. Sie haben Karla ausgelacht und gefragt, ob sie eine Strumpfhose anhat, daß man den Dreck nicht so drauf sieht. Karla hat sich richtig gefürchtet vor den Turnstunden. Oft ist sie am Tag vorm Turnen vom Baum gesprungen und hat sich den Fuß verstaucht oder das Knie aufgeschlagen, damit sie nicht mitturnen muß.

Einmal ist der Schularzt unangemeldet gekommen. Für die Untersuchung haben sich die Kinder bis auf die Unterhose ausziehen müssen. Nachher, wie Karla der Mutter von der Untersuchung erzählt hat, war es ihr peinlich, weil sich vor dem Herrn Doktor doch eine weiße Unterhose gehört hätt. Der Schularzt ist auch der Hausarzt, und er soll nicht denken, daß sich die Krainer keine weißen Unterhosen leisten können. Seit damals darf Karla immer weiße Hoserln anziehen.

»Darf ich eine frische Unterhose haben?« fragt Karla durch die geschlossene Tür. Sie steht im Vorhaus auf dem Steinboden und steigt von einem Fuß auf den anderen, weil ihr kalt ist auf den bloßen Füßen. Hinein darf sie nicht in das Schlafzimmer von den Eltern, hat sie nie mehr dürfen, wie sie zu groß für das Gitterbett geworden ist. Zuerst hat Karla in die Stube übersiedeln müssen, bis der Großvater gestorben ist und ihr Platz gemacht hat, im Ehebett von der Großmutter.

Jetzt hat sie das Zimmer für sich allein.

Karla hat nie eine Gelegenheit gehabt, heimlich in das Schlafzimmer der Eltern zu gehen, weil die Mutter es immer absperrt. Meistens schon in der Früh, nach dem Bettenmachen. Erst zum Schlafengehen sperrt sie wieder auf, weil am Tag sowieso niemand was verloren hat im Schlafzimmer. Nicht einmal der Vater könnte hinein, ohne die Mutter um den Schlüssel zu fragen. Aber er hat sowieso kein Interesse, weil sofort die Mutter hinter ihm her ist und nachschaut, was er tut. In der blauen Arbeitsmontur würde sie ihn sowieso nicht hinliegen lassen für ein Mittagsschläfchen. Sie hat einen großen Heikel mit ihrem blütenweißen Bettgewand, das sie immer mit ihrem Hintern bügelt. Sie kommt sich vor wie Napoleon, weil sie so viele Sachen gleichzeitig machen kann. Wenn sie näht oder stopft, arbeitet sie gleichzeitig mit dem Hintern, weil sie fest auf der ordentlich zusammengelegten Bettwäsche sitzt und sie mit ihrem warmen Gesäß bügelt. Und weil eine schön aufgehängte Wäsche das halbe Bügeln ist, kann die Mutter nur lachen, wenn andere Hausfrauen halbe Tage lang das Bügeleisen hin- und herschieben.

Es dauert lange, bis die Mutter herauskommt. Zuerst schiebt sich nur ihr Kopf aus dem Türspalt. Sie schaut so verknittert und zerwühlt aus, als hätte sie den ganzen Nachmittag geschlafen. Wenn Karla nicht mit eigenen Augen gesehen hätt, was der Vater und die Mutter wirklich getan haben, sie könnt es nicht glauben. Wo die Mutter so grantig dreinschaut, wie halt immer, wenn sie die Karla sieht. Und das soll die gleiche Frau sein, die vorher so selig dreingeschaut hat?

Die Mutter hat ein geblümtes Nachthemd an und sagt unfreundlich: »Kannst nicht ein paar Stunden Ruh geben? Wenn man sich ein bißchen niederlegen möcht. Zu was brauchst eine frische Unterhose?«

Karla zappelt noch immer, weil der kalte Steinboden ihre Füße nagelt, und außerdem könnte das Blut auf den Boden tropfen.

»Meine ist blutig. Ich muß mir wehgetan haben. Aber es tut überhaupt nicht weh.«

Auf einmal wird die Mutter seltsam ernst, fast feierlich. Aller Grant ist weg aus ihrem Gesicht. Sie macht die Tür ganz auf und läßt Karla in das Allerheiligste.

Zuerst glaubt Karla, daß sie nicht richtig gehört hat, wie die Mutter sagt: »Komm herein!« Erst wie sie es noch einmal sagt, macht Karla den Schritt über die Schwelle. Tief zieht sie den Geruch in die Nase und erinnert sich. So hat es damals auch gerochen, wie sie noch im Zimmer der Eltern geschlafen hat. Eine Mischung aus dem Parfüm mit der schwarzen Katze, Chat-Noir oder wie es heißt, und dem Urin vom Nachttopf unterm Bett. Ganz leicht kommt auch der Modergeruch von den feuchten Mauern durch, der aber im ganzen Haus zu riechen ist.

Der Vater liegt von Karla weggedreht und tut, wie wenn er schlafen würd. Er hat sich bis zum Kinn zugedeckt.

Hier ist alles so fein, ganz anders wie im Zimmer der Großmutter. Bei der Oma hat es keine Gardinen gegeben, nur grobe, geblümte Vorhänge. Auch keine Psyche, bei der man die Spiegelteile verdrehen kann, sodaß man sich von allen Seiten gleichzeitig sieht. Die Möbel sind braun meliert und glänzen so stark, daß sich Karla drin spiegelt, wie im weißen Blechscherben unter dem Bett. Daneben liegen rotbraune Fetzen. Die sind damals schon dort gelegen, und Karla hat geglaubt, die braucht die Mutter zum Aufwischen, wenn der Karla beim Topfgehen etwas danebengegangen ist. Aber sie liegen heute noch dort!

»Die Karla ist unwohl«, sagt die Mutter zum Vater, »jetzt darfst sie nimmer schlagen.«

»Hoffentlich macht sie keinen Blödsinn«, antwortet der Vater, ohne sich herumzudrehen.

Die Mutter nimmt aus dem Nachtkästchen zwei solche Fetzen, wie sie neben dem Nachtscherben liegen und drückt sie Karla in die Hand.

»Brauchst dich nicht schrecken, Karla. Jetzt wirst jeden Monat einmal bluten, das ist ganz normal. Das tun alle Frauen. Gibst halt die Fetzen in die Hose. Nachher müssen wir sie ordentlich auswaschen.«

Karla nickt, will nicht weiterfragen, warum alle Frauen einmal im Monat bluten. Es kommt ihr seltsam vor, daß die Mutter auf einmal so freundlich ist mit ihr.

»Und eine frische Unterhose. Kann ich die auch haben?« fragt Karla, wie die Mutter keine Anstalten macht, zum Kasten zu gehen.

»Das zahlt sich nicht aus. Die wird sowieso gleich wieder blutig.«

Im nächsten Moment legt die Mutter den Arm um Karla ihre Schultern, sodaß Karla richtig zusammenzuckt, weil sie glaubt, daß ihr die Mutter eine herunterhauen will. Weil umarmt hat die Mutter sie schon lange nimmer.

»Jetzt bist du eine richtige Frau«, sagt die Mutter würdevoll, »jetzt gehören wir zusammen.«

Karla ist dieser feierliche Ton seltsam. Sie möchte gerne was drauf sagen, aber es fällt ihr nichts ein, weil sie nicht versteht, was die Mutter meint.

Karla windet sich wie nebenbei aus der Umarmung, weil die Mutter nicht merken soll, daß Karla soviel Mutterliebe auf einmal unangenehm ist.

Karla versteht nicht, warum sich durch das Blut zwischen den Beinen alles ändert. Der Vater soll sie nimmer schlagen, geradeso wie wenn das Blut von den Dresch gekommen wär. Irgendwas verbindet die Erwachsenen gegen die Kinder. Es ist mehr, wie daß sie die Kinder Schweine schimpfen und selber Säue sind. Karla möcht herausfinden, was bei den Großen anders ist durch das Blut.

Mit den Leinenflecken der Mutter geht sie in ihr Zimmer. Sie legt einen Fetzen in die Hose. Das harte Gewebe ist ihr unangenehm, es reibt an der weichen Haut. Widerwillig geht sie auf und ab. Sie kann sich nicht vorstellen, wie sie sich an diese späte Windel gewöhnen soll. Voll Zorn schießen ihr die Tränen in die Augen, weil sie dieses Blut nicht will. Trotzig zieht sie alle Muskeln zusammen und spürt, wie es rinnt. Auf alle Geheimnisse der Erwachsenen will sie draufkommen, aber Blutsfreundschaft mit ihnen will sie nicht.